ひとまずこれにて読み終わり

木越治 著
木越俊介・丸井貴史 編

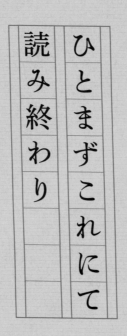

ひとまずこれにて読み終わり　目次

本

映画

そのほか

「鶏肋集」のこと　――ご挨拶に代えて――

木越 俊介

本書刊行までのいきさつについて少し記しておく。

2018年1月の終わりに大きな病院へ転院した父の病室をいくどか見舞った折、おそらく2月に入ってからだったと思うが、ふいに、「古稀記念の会のお礼に配るために自身の雑文集を編む」というアイデアを本人の口から告げられた。いや、託されたといった方が正確だろうか。その時点で既に父の病状がかなり深刻であることは分かっており、雑文集の構想がなんだかそのまま遺言となってしまいそうで、詳しく聞くことは最後まで躊躇してしまった。ひとつ、「瀟洒な小冊子にしたい」という言葉だけは鮮明に覚えている。

父亡き後落ち着いてからしばらくして残されたパソコンを開くと、「小文」というフォルダが二つあり、それぞれサブタイトルには「研究系」、「鶏肋集」とあった。そこには雑文集の素材となるはずであったファイル群が整然と保存されていた。

そして、後者のフォルダの中には「鶏肋集について（未完）」という未公開の一文が収められ、そこには次のような、整理にあたってのきっかけが書きつけられていた。


昨年、金沢から引っ越ししたとき、研究室に置いてあった段ボール箱の中味や書類の類をほとんどそのままこちらの研究室に運びました。金沢大学時代にも二度引っ越ししています。旧金沢城内にあったキャンパスから角間新キャンパスの以前の所属先である教養部棟へと、そこから、文学部国文科に所属換えになったときにさらにもう一度、という具合です。しかし、なかには一度も包装を解かないままになっているものがあり、さすがにそういうものは処分しましたが、それでも捨てきれないままにこちらにもってきたものがかなりありました。

こちらの研究室で、棚に入れるために整理しているとき、このままでは、どこに何があるかわからないので、いずれ機会があったら整理しないといけないと思っていました。そうして、春休みになり、まずは、論文のコピー類や紙焼写真の類をデジタル化しよう（「自炊」という言葉に刺激されてのことです）と思い立ち、少しずつはじめていた矢先に、２０１1年3月11日の大震災に遭遇しました。このとき、研究室の棚の本はあまり落ちませんでしたが、書類の類が床一面にあふれました。それらの片づけ自体は一日で終りましたが、これでいっそう私の整理熱に拍車がかかりました。それで、見ていくうちに、自分のために残しておいた新聞・雑誌の切り抜きなどがいくつもみつかりましたので、オリジナルはそのまま段ボールに保存しておくとして、デジタル化しておけば、いつでも探し出せるし、バックアップにもなると思いました。また、60歳を過ぎましたので、少し昔を語ることも許されるかなとも思い、ＨＰを立ち上げたのを幸いに、それらを片隅に載せておくことを思い立った次第です。

「鶏肋」という語ですが、『日本国語大辞典』には、

（「後漢書‐楊修伝」の「夫鶏肋食之、則無所得、棄之則如可惜」から）ニワトリのあばら骨は食べるほどの肉はないが、少しは肉が付いているので、捨てるには忍びないところから、たいして役に立たないが捨てるには惜しいものをいう。

という説明があります。いわば、私自身のための思い出のためのページです。

〔２０１1年3月〕

つづいて「以下、整理が終ったものから順に載せていきますが、そのついでに、思い出したことなども書き添えておきます」として、自身による解題のようなものが三編ほど記されたところで途絶えており、上智大学着任後に開設されたホームページ「木越研究室」にこうした雑文類をアップすることは何らかの理由で実現しなかったようだ。ただ、自身の原稿の整理は引き続きマメに行っていたことは先に記した通りで、原稿ファイル群に対応する書誌一覧のエクセルファイルまでもあった。このあたりは、「上田秋成研究文献目録」編者の面目躍如といったところ、むしろ当然というべきかもしれない。

とはいえ、一覧にあった全ての原稿ファイルの所在が確認できたわけではなく、かなり古い紙媒体をスキャンしたとみられるようなものは依然行方不明であるものの、いわゆる学術論文とは別に、父がなんらかの形で残したいと考えていた雑文集の塑像はおぼろげながら把握することができた。

そこで、お弟子さんである丸井貴史さん、雑文集の案を病院からの電話で知らされていた編集者の滝口富夫さんのお力添えにより、遺稿集を編むことに動き出した。もっとも、その全てを掲載するわけにもいかず、また全体のバランスを考えながら「研究系」からも一部抜き出し、さらにはブログ記事をも加え、編者一同で思い切って取捨選択したのが本書というわけである。

＊　＊　＊

一読、生前の父の声が聞こえてくるような気がするし、「よしなしごと」の方は父が敬愛していた和田誠や小林信彦の姿勢や書きぶりに影響を受けていることもよく分かる。病床にあっても父は本や映画や音楽の話ばかりをしていたし、常日頃、家族との会話も話題となるのはおおよそこうしたことがらであった。父の話は決して情報の羅列に終わることはなく、常に「考える」ことを心ゆくまで楽しもうとする姿勢が根幹にあり、それは最後まで一貫していたように思う。そして何より、いいものは時代を超えて存在するということに対するシンプルながら頑固な信頼感、そしてそれを見出す巧者であれという思いが全ての原動力になっていた。

本書に収めた文章群が肩肘張って読まれることは好まないだろうが、ものの見方や考えをもう一歩進めたり深めたりするおともになるのであれば、きっと父もどこかでニヤニヤしてくれるに違いない。

【随想・随感】

自分史の試みより

昭和23年（1948）11月20日

石川県河北郡大場村（当時、現在は金沢市大場町）に生まれる。

父は土建業、母は当然専業主婦。祖父は私の生まれる少し前に亡くなっており（祖父の兄弟に相撲取りだった大野川甚太郎がいる。最高位小結。石川県出身力士では輪島・出島と並ぶ高位を占めた力士である）、祖母は私が幼稚園の頃に亡くなった。よく叱られたことしか印象になく、あまりかわいがられたという記憶はない。

姉は四人、兄が二人いた。やんちゃな三男坊という性格は現在でも自分の基本的な属性を形成していると思う。そのあと、さらに弟三人が生まれたので、兄弟だけで合計十人いたわけである。いまよりも兄弟の数の多かった時代ではあるが、それでもかなり目立つ数ではあった（若死にした姉と弟がいるので現存するのは八人。親が子孫のために美田を残したりしなかったので、みにくい遺産争いなどというようなことも起こらず、いまは比較的仲のいい兄弟として適当な距離をとりつつ付き合っていると思う)。

　小学一年生のとき、自分の家族を一人ずつ画用紙に書くという作業を課せられたことがあったが、先生から「木越さんの分はとなりの○○さんも手伝ってあげなさいね」と言われたのを覚えている。

　母親は毎食事ごとにお釜で一升の飯を炊いていたが、中学一年のときの担任の先生から「木越のところはいつも炊きたてのご飯が食べられるのか、うらやましいな」と言われたことがあり、そのときはじめて、よその家では毎食事ごとに飯を炊かないのだということを知った(その先生のところは家族四人くらいなので、温めたご飯の時も多かったようである)。

　高校まで、地元の公立の学校だったせいで、学校の先生からはいつも兄の誰を知っている、姉のだれだれの担任だった、というようなことを言われたし、兄や姉からは逆にそれぞれの先生がどういう先生であるかをいろいろ教えられたものである。そういうふうだから、不登校みたいなことは起りようがなかった。また自分の進路についても、父母とあれこれ相談した記憶はないが、兄や姉とはいつも話していた記憶がある。これは、自分の結婚のときもそうで、父母には「この人に決めたから」という事後通告だけで終わりであった。反対されるなどとは考えてもみなかった。このへんは、父母も全面的に子供を信用してまかせていたようである。

唯一母親がこだわったのは、養子にこないかという話が、私をはじめとして兄や弟に持ち込まれたときで、本人たちは兄弟の多い生活にうんざりしており、一人っ子生活にあこがれていたからそれなりに乗り気であったのだが、母親は絶対にいやだといってその種の話をすべて断わっていた。

昭和29年（1954）4月　5歳

私立双葉幼稚園入学。ただし、数か月で中退。約2キロある森本町まで歩いていかなければならなかったことと、近所の遊び仲間が通っていなかったのが原因である。また、登校の途中、悪ガキがいて、弁当のおかずを調べ、おいしそうなのは食べるなと命じて、下校のとき取り上げていた。この悪童は、小学校に入学直後心臓弁膜症を患って入退院をくりかえすようになり、中学三年のときに亡くなった。十八人いた小学校の同級生男子のうち、現在までに五名が亡くなっている（これは異常に多い数字というべきだろう）が、彼はその第一号である。
もうひとつ、入園後間もなく、大場村は八田村・才田村・花園村・三谷村・森本村と合併して森本町が成立（この当時、町村合併が国をあげて推進されていたはずである）し、大場村は河北郡森本町字大場となったのだが、それを記念して旗行列があり、「五つの村はむつまじく大森本の……」とかいう歌を歌って行進した。そのときもらった紅白のまんじゅうを行進の途中に食べて先生に叱られたのを覚えている。幼稚園で何をしていたかはほとんど記憶にない。

昭和30年（1955）4月　6歳

大場小学校（森本町立を経て金沢市立となったあと、昭和46年に森本小学校に統合されたため廃止された）入学。同級生は男子十八名、女子八名。入学式のあと、教室で、担任の先生が「私は今井先生です。さあ、先生の名前を言える人」と聞いたとき（当然「はい、今井先生です」と答えることを期待して聞いたわけだが）、私が元気よく手を挙げて「はい、今井スヨ子です」と答えて、参観中の父兄ともども大爆笑になったことがある。兄や姉から「おまえの担任の今井先生は下の名前、スヨ子っていう変な名前なんだよ」というような情報を吹き込まれていたせいである。同じ町内の先生で、私はとても可愛がってもらったと思う。割合に好き嫌いの激しい先生で、親戚でこの先生が担任になった子は、この先生を大嫌いだと言っていた。

あと、これも一年生のときのことだと思うが、洞爺丸事件かなにかでたくさん人が死んだというニュースを授業中に先生から聞いたとき、「ぼくも死にたい」と言って先生をあわてさせたことがあった。別室で校長先生に「なぜ死にたいのか」と聞かれ、両親も学校に呼ばれたらしい。当時、末の弟が乳飲み子で（よく学校から帰ると「おまえの背中がちょうどいい大きさだ」といわれておんぶさせられたものである）、すぐ上にも目のはなせない弟がいた関係で、運動会にしろなににしろ母親が来たためしがなく、なんとなくさびしい思いをしていたゆえの発言であろう。父母にはつらい思いをさせたのではないかと思うが、そのことで特に叱られた記憶はない。

二年の担任は山本先生。三年の担任も同じ。

四年の担任は和田先生（一年生の頃の校長先生の奥方）。顔中そばかすのある先生で、友達に私が「なにを、このホクロ野郎」などと言われていじめられたとき、「〇〇さん、なんですか、ホクロ野郎とは。私も顔中にホクロがありますから。じゃあ、私にもホクロ野郎と言いなさい」と言ってかばってもらったことを鮮明に覚えている。ここまで、担任はすべて女性であった。

昭和34年（1959）4月　10歳
ストライキ事件の顚末

五年生のときはじめて担任が男の教師になった。Hという教師であるが、しかし、なにかというと殴る非常に問題の多い教師であった。いまほど体罰が問題になる時代ではなかったが、それにしても、時にはこぶしで殴られたりしたのだからひどかった。しかも、その殴り方が公平ではなく、女子やおとなしい男子生徒は比較的被害が少なく、我々の様に元気のある連中がしょっちゅう標的になっていた。殴られたこと自体よりも、同じことをしても殴られる生徒とそうでない生徒がいるというのが本当にいやだった。

こう書いてきてはじめて気がつくのだが、教師生活を20年以上も続けていながら、一度も殴ったことがない――中学生を教えていたときなど、小生意気な口をきく生徒がいて、絶対に殴るべきだと同僚から指摘されたことが数回あったにもかかわらず、である――のは、この時の経験によるのかもしれない。また、よく教員志望の学生に「教師として一番大切なのは、声の大きいことと扱いに差別をしないことだ」と教えているのも、このときの経験が反映されているはずである。

で、冬休み明けの三学期になって、同級生の一人が敢然とこの教師に叛旗をひるがえし、登校拒否（というよりストライキ）を宣言した。おまえよりおれたちの方がもっとひどく殴られたんだがなあ、というような思いは、私をはじめとして同級生の多くにあったことはあったが、しかし、彼の勇気には心から感心した。担任に命じられて何度か家まで呼びに行かされたが、「先生が殴るから行かない」と言って、彼は学校に来ることはなかった。せまい村のことでもあり、その間は大騒ぎになり、授業もまともに行なわれなかったように思う。担任は我々に自習をさせて考え込んだりしていることが多かったが、我々は、ざまあみろ、という気分で見ていた。

このストライキがどのくらい続き、最終的にどういうふうに解決されたのか、くわしく覚えてはいないが、結局、このHという担任は一年いただけで大場小学校よりもっと小さな小学校にかわっていった。異動は三、四年ごとというのが普通だったから、これは相当に異例のことであり、懲罰的な人事異動だったのだと思う。つまり、これは生徒の側の勝利に終ったわけである。

ただ、彼の離任に際して、あまり殴られることのなかった同級生の女子が中心になってお餞別を集めるということがあった。だいぶたって母親から、まあ、つきあいだからと思いそれに応じたという話を聞いたときには、女子連中にも母親にも許しがたい思いを抱いたのをよく覚えている。

昭和35年（1960）4月　11歳

六年の担任は池田先生で、やはり男の先生であった。きびしい先生であり、よく叱られたり、時には殴られることもあったが、この先生の場合は、つねにきちんとした理由があり、どういう処置を受けても納得できた。また、依然として悪ガキ的な行状の改まらない私に対して、もうちょっと大人になれ、というような意見をつねにしてくれた。作文の能力を認めてくれて、それを引き出してくれたのもこの先生である。おかげで、読書感想文コンクールで河北郡の優秀三点賞とかいうのをもらうことができ、しばらくの間、賞品の紙ばさみを大切にかかえて登校したものだった。

正義のケンカ

以前から仲の悪かった同級生のIが、おとなしいガリ勉タイプのHに「木越を殴ってこい」と命じ、Hが「悪いけど、殴れと言われたから殴らしてもらうわ」と言って、校庭で遊んでいた私の頭を軽く殴るという事件があった。そんなに痛くもなかったが、不愉快だったので、「なんでおまえに殴られなければならないのか」と問い詰めたところ、Iに命じられたからだという答えだった。それで、私は頭に来て、教室に駆け込むやいなやIの机を蹴飛ばし、中味を放り出した。そのあと、駆けつけてきたIと大ゲンカになり、そうこうするうちに授業時間になり、担任の池田先生が入ってきたので、我々のケンカは先生の知るところとなった。

ただ、このとき、先生は私に対してきわめて好意的であった。午後の授業時間全部を割いて関係者及び目撃者から事情聴取し、私の言い分にウソがないことを確かめたのち、

「その手段を肯定するわけではないが、おまえの怒りは正しいし、そういうおまえ自身の正義感は大切にしないといけない」

とほめてくれたのであった。しかし、HもIも級友の前でかなりきつく叱られた。

特に、Iに関しては、「卑怯者だ」という言い方さえしたのではなかったかと思う。Iが覚えているかどうかはしらないが、私にとっては小学校時代のもっとも大きな事件である。

刃物を持たない運動

ちょうどこの頃だと思うが、突然全国的に「刃物を持たない運動」というのが始まった。浅沼稲次郎社会党委員長刺殺事件とか中央公論社社長宅襲撃事件というような右翼による物騒な事件が相次いで起ったからであろう。それまで、我々の筆箱には鉛筆をけずるための小刀が必ず入っていたが、それが禁止され、すべての教室に手動の鉛筆削りがおかれるようになったのである（しかし、これは、すぐに切れなくなり、芯が尖らなくなったので、半年くらいするうちにはまたもとにもどったのではなかったかと思う）。

そのあおりで、チャンバラものやアクションもの等、刃物が画面に映るようなテレビドラマは、軒並み9時以降の子供の見ない時間（当時、9時になると「9時になりました。お子様はお休みの時間です」というテロップが流れたものである。これは、いつまで続いていたのだろうか?)に移動させられた。
よくまあ、すべてのテレビ局が足並みを揃えてやったものだと感心するが、その結果、父親がこの頃、日曜日になると、晩酌をしながら観るのを最大の楽しみにしていた大河ドラマの「赤穂浪士」(大石内蔵介を長谷川一夫が演じたやつである。以後、大河ドラマでいくつも忠臣蔵ものは取り上げられたが、この年以上のものはまだないと思う)が、夜8時開始が9時半開始に移動してしまった。それで、父親が、「晩酌がすんでしまってからなので、眠たくなって困る」とぶつぶつ言いながら見ていたのを思い出す。ただし、こういう定番の時代劇等を父親の講釈入りでいっしょに見るのは、勉強にもなって私は大好きだった。

ここで、父親について語っておくと、祖父が左官屋さん(それゆえ我が実家の屋号はいまでも「かべ屋」である。ちなみに、同じ町内での分家になるわたくしの家はどうやら「先生の木越さん」と呼ばれているようである。この種の屋号は、同じ姓の家の多い田舎の集落においては各家を特定するために欠くべからざるものなのであるが、嫁に来た家内などにとってはほとんど判じ物であるらしい。姑のいる人はだんだんと詳しくなっていくようだが、家内の場合は、そういう人もいないから余計である。私も町内のすべての屋号に通じているわけではないが、町内のおばあさん連中のこの種の情報網の密度の濃さにしばしば驚かされる。こういうあたりが田舎ぐらしでいちばんうっとうしく思う部分である）だった関係で、そのあとを継いで左官の仕事を覚えながら、やがて土木・建築関係の請負業をやるようになったわけであるが、高等小学校卒業後、郵政省の学校に入って郵便局員になろうとしたという経歴がある。しかし、間もなく結核をわずらって退学しその夢は挫折した。結核をだからというわけでもないが、かなりの読書家であり、物知りでもあった。結核を療養していた頃に、「改造」という戦前の左翼系の雑誌を購読していたことがあり、そのために、近所の警官が「アカ」ではないかと調べに来たものだ、という話をしていた。だから、土建業自体は、生活のためという側面が強かったようである。とはいえ、結核のおかげで戦争に行くこともなく、土建屋になってからは、商売ともからんで政治に熱中していたようである。私の小さい頃は、石川二区選出の南義雄代議士系列の町会議員ということになっていた。そんなこともあって、選挙のときなどにはよく家に人が集まっていた。

やがて、森本町が金沢市に合併し（父はそのとき反対派の急先鋒であった）、その直後の市会議員選挙で落選し（私が中学三年のとき）大きな借金を背負うようになってからは、政治の世界から手を引き、その数年後には創価学会に入信した。この頃、学会員がたくさん家にやってきて、家の仏壇にあった仏像などを邪教のものだからと燃やしてしまおうとしたが、まだ入信していなかった母親といっしょに私は激しく抵抗したのを記憶している。たしか高校三年の頃であるが、学会員とはげしく議論している私を父親がつらそうな顔で、あえて止めることもせず見ているだけであったのを見たとき、父も老いたなあ、ということを痛切に実感したものである。

とはいえ、結婚することになって、輪島にある妻の実家に父親といっしょに挨拶に行ったとき（結納という形式を取るほどの余裕もなく、酒を二本提げていっただけである）、かつて政治青年だった頃に輪島に来た時の話などをして、数時間、飽きることなく話を続けていたのにはさすがに感心した。そのあと、家内の妹の結婚相手となる家の人（同じ輪島の田舎の方の人）が来た時にも私は偶然に立ち会ったが、どちらも口が重い人ばかりなので座がはずまず、あとで義父母から、「あんたのお父さんの時は話を聞くだけでよかったから楽だった」と言われたものだった。

ついでに母親と宗教のことについても触れておこう。この母親も、父親の政治狂いと歩を合せるようにいろんな宗教に凝っていた。しばしば、倶利伽羅不動尊にお参りに行っていたし、新興宗教としては、実践倫理宏正会や世界救世教などに入っていた（実践倫理宏正会は朝起き会を実践するのと雑誌の「宏正」を売り歩くのが主たる活動。世界救世教は手かざしで病気を治すのが売りの宗教。それぞれに納得出来るところはあるが、実に巧妙に信者から集金する仕組みになっているところがいかにもな感じがする。それにしても、世界救世教に入っていた頃、夜寝ている私のそばで手かざしをされるのは非常に気味が悪かった。「おまえの頭の中にはよからぬ本ばかり読むせいで毒が詰まっているから、私の指の先がだんだんと熱くなってくる」、などとつぶやきながら、なのであるから……）。

やがて、父親に説得されて創価学会会員となり、私が大学生の時に病死した長姉及び大学院時代に急死した弟の克彦及び父自身・母自身の四つの葬儀はすべて創価学会式で行なわれ、墓にも「南無妙法蓮華経」の文字が刻まれるようになった。

その頃になると、他の新興宗教に比べるとお金集めはそれほどひどいことのないことがわかったし、信者も、比較的まじめな人が多かったので、やや融和的につきあっていた。父親の懇請に負けて、公明党に投票したことも一度ならずある（だから言うわけではないが、いまの公明党が自民党と野合してしまったのは許せない気がする）。

いうまでもなく、大場町には浄土真宗の寺があり、祖父などは門徒代表を務めたほどの家であったわけだが、学会入信以後はその種の関係はきっぱりと断絶したのである。田舎ぐらしでありながら、これはなかなかに勇気ある行為であったと思う。また、父母の葬儀の時には町内のもと小学校のあった場所にできたコミュニティセンターを使ったが、ここを使って葬儀を出した比較的早い例になるのではないかと思う。

もっとも、兄の代に変わってからは墓の文字も改められ（「木越家之墓」というふうになっているはず）、家としてはどこの信者でもない状態になっている。これは、八人の兄弟すべてがそうであるわけだが、兄夫婦はプロテスタント系のキリスト教の信者である。また、姉のうち二人はカトリックの洗礼を受けている。あとの兄弟はまだ未決定であるが、どうするかは、今後それぞれの家族が決めるべき課題である。

昭和36年（1961）4月　12歳

森本町立（現金沢市立）森本中学校入学。

ブラスバンド部に入部。打楽器担当。三年生の時には、県下で一番上手な打楽器奏者と言われた。一年生の音楽担当の先生からも、いいところに入ったねと言われたりしたのだから、割合に音楽的才能はあったのだろう。他の兄弟にそういう人のいないのが不思議だが。ただし、最後まで、プロになろうというふうには思わなかった（当然か）。

二年生のとき金沢市と合併。

担任は一年の時が吉本先生（理科担当。いま、森本公民館の館長なので時折顔をあわせることがある。飽きもせず太鼓をたたいているね、とからかわれたりもする）。

二年が吉井先生。英語担当。こわい先生だったが、英語の文法はこの先生にたたきこまれた。

三年が小林先生。数学担当。シスターというあだ名のとおり、はなはだ影の薄い先生であった。後半、分裂しがちなクラスを、先生は頼りにならないので数人の仲間で一所懸命まとめようとしていたことを思い出す。

なお、三年前期には生徒会長をつとめた。もっとも、依然として悪ガキ的なところが残っていて、相変わらずくだらないいたずらをしたりしていたので、吉井先生に「こりゃ、そんなことばっかりやっているとリコールされるぞ」と叱られたこともあった。が、なんとか任期一杯無事つとめることができた。中学時代のことは、部活を除くとあんまり印象がない。同窓会をするようなこともほとんどなく、比較的記憶の薄い時代といえる。

昭和39年（1964）4月　15歳

石川県立金沢桜丘高等学校普通科入学。

進学校の中では比較的ブラスバンドがうまかったことと、通学距離が近かったことが選択の理由。三年の担任からは泉丘を勧められ、願書までわたされたが、一晩考えて誰にも相談せずに返却した。後悔はしていないが、もし、担任のいうことを聞いていたらどうなったかな、とは思う。自慢するつもりではないが（と言いつつ結局自慢になるわけだが）高校時代の成績は常にトップクラスであり、クラス代議員（＝クラス代表）をずっと務め、三年前期には生徒会議長をやったりし、部活でも中心的メンバーであったから、まあ、目立つ方であっただろう。その意味では、私にとって疑いなくゴールデンエイジであり、高二の終わりくらいには本格的な初恋を経験したりもしている。ただ、なんでも一番、というのはやや味気ない部分もあって、同窓会などでこの頃の友達に会うと、懐かしいのはもちろんであるが、やや食いたりない感じがするのも事実である。自分の子供達を桜丘高校に進学させることにあまり執着しなかったのはそういうこともある。

二年のはじめから坊主頭に。

担任は一年の時が浜中先生（体育）。我々に説教するときでも「人に勝つより自分に勝て」とかなんとか、当時はやっていた美空ひばりの「柔」の文句を並べるくらいのことしか言えない先生で、全く尊敬できなかった。というより、はっきり軽蔑していたといってよい。

なお、現代国語の時間、教科書を忘れてきたことがあり、そのことを担当の先生に昼休みにことわりに行ったら（事前に断わらないと授業中ネチネチといじめる先生であった）、「ああ、そうですか」の一言ですんだが、そのあと別の友人が同じことを言いに言ったら「毎日時間割を見てあわせたりはしないのか」とかなんとか分ほどネチネチといじめられ、なぜお前とそんなに差がつくのかと言われたことがあった。「国語の成績の差だろう」と答えた（実際、この先生の国語はいつも100点に近かった）が、そういう不公平さはあまり好きではなかった。この先生はその後石川高専に移り、私が富山大学に赴任した直後から非常勤講師として勤められるよう尽力してくださった（薄給の身にはまことにありがたいことであった）から恩人になるのだが……。

二年は西先生。国語担当。国文学者である自分が最も影響を受けた先生である。金沢大に移って間もなく、まだ40代であったのにガンで亡くなったのは痛恨の極みである。

二年の時の事件は略。

三年は三宅先生。英語担当。国語は続けて西先生（あとで聞いたらこれは意識的にそうしたということであった。担当クラスなどはかなり先生の裁量で決められるらしかった）。現在もなおつきあいが続いている。「おまえは西先生の秘蔵っ子だから」というようなことをいつも言われた。三宅先生のそれにあたるのが、三年で同じクラスになった横川君（現金沢美大教授。私にはまたいとこにあたる）であったろう。

彼とはよきライバルとして、一度もケンカすることなく仲良く受験生生活を送ることができた。彼は典型的な長男タイプであり、人物もおっとりしているが、私は、何度も書くようにやんちゃな三男坊で、互いのそういう性格の違いがうまいぐあいに作用したのだと思う。大学時代もそのあともずっとつきあいが続いている。

昭和42年（1967）4月　18歳

金沢大学法文学部哲・史・文学科（当時）入学。サークル活動は、最初の一年までオーケストラでティンパニをたたいていた。12月の定期演奏会にも出演したが、心楽しまず、直後に退部。そのあと、友人と吟詠部に入部。三年の夏合宿までつきあった。

同年11月

羽田闘争に同じ一年生のクラスから参加した者がいた。

警察に逮捕されたのでカンパしてほしいというような趣旨でクラス討論会が開かれたが、「テメエの勝手で参加しておいて、つかまったから助けてくれというのはチト虫が良すぎるんじゃないか」とカッコよく(?)反論のタンカを切って、ドアをわざと大きな音を立てて閉め、退席したことがあった。逮捕された友人とそのシンパグループは地元金沢の出身(ただしみな泉丘)ということもあり、最初の頃はかなり親しくしていたのだが、この頃には完全に縁が切れていた。このグループの中には高校三年の時デパートに展示されていたロールスロイスにペンキをぶっかけた人物(当時新聞記事にもなった有名な事件である。もちろん名前は伏せられていたが……。このことは中学時代の同級生から教えられた)もいた。このグループで、そのまま無事に大学を卒業したものはわずかしかなく、逮捕された友人をはじめとして、その後もますます運動に深入りしていったようで、大学内で見かけることはほとんどなかった。

当時の金沢大学を牛耳っていたのは革マル派であり、彼等は中核派だったから、富山大学を根城に時折こちらに出張してきて小さな衝突を繰り返していたらしい(このあたりは、後年の情報による)。

連合赤軍事件や当時の学生運動に関する著作物を読むと、まず思い浮かぶのが、彼等とのこうした淡いつきあいである。

昭和43年（1968）1月　19歳

東京大学安田講堂攻防戦をテレビ等で見る。まだ遠い事件でしかなかったが、それにかかわっていた人（高校時代の恩師の弟で現役の東大生）と話す機会があり、それをきっかけに朝日ジャーナル（この時期一番学生運動に好意的だった大衆的メディア）を定期購読するようになった。

同年10月

同文学科国語国文学コースに進学。国文学的生活の始まり。現在にいたっている。このコースの選択は、高校二年の担任の影響であるが、大学入学時点から既定のコースであると自分自身は思っていた。

昭和44年（1969）1月　20歳

小松の航空自衛隊に配備されていたB戦闘機が金沢市内の民家に墜落し、たしか市民一人が犠牲になったはず。これをきっかけに金沢大学で学生運動が盛り上がる。

同年2月

文科（法文学部哲・史・文学科）自治会がバリケードストライキと市中デモを敢行し、私もはじめて参加した。バリケードストライキでは、職員は入れたが教員は校舎内から締め出した。しかし、当時の国文科主任教授（学者としてはとても優秀な人。ただし、私は当時からいまに至るまで大嫌いです）が強引に入ってきたので、国文科全員で研究室に連れ込みつるし上げた。これが、その後間もなく起る国文科紛争の主因である。

デモは、横に機動隊がくっつき時折ごつい靴で蹴られたりしてとても怖い思いをした。バチバチ写真も撮られたので、これで石川県の教員になる道も閉ざされたかな、とマジで思ったりもした（実際にはそんなこともなく、このときのデモに参加したうちの何人かは無事職を得ている）。

そのまま帰宅したが、家では、両親がニュース等を見てかなり心配していた様子であった。たくさんいた兄弟のうち、いわゆる学生運動にまともにかかわったのは私が最初だったからであろうといまでは想像できるが、当時の私ははなはだ不満であり、「公明党（当時父は創価学会会員）だって安保にも自衛隊にも反対しているではないか」と言ったら父は反論はしなかった。以後、徐々に免疫ができ、やがて、覆面をしてヘルメットをつけることに抵抗も感じなくなり、一度ならずアジ演説もやったし、警官隊への投石も経験することになった。

同年4月

三年生になったが、くだんの国文科主任教授が当時の助手を学生に好意的すぎるという理由で更迭（＝首切り）しようとしていたこと（当然失敗したわけだが）が発覚し、国文科内だけでの大学紛争がはじまった。規模は小さいながら大衆団交・ストライキがあった。二日ばかり続いたストライキ期間中は国文科の三教官の部屋のドアに「封鎖中」と書いた紙を貼り、「この紙を破るとスト破りとみなす」と書いてあった。三人いた教官のうち、主任教授以外の二人の先生とは関係もよく、我々との仲介役としていろいろ尽力してくださったのであるが、ついに力尽き、「君達がこれ以上ストライキを続けるならば、主任教授の先生も私達も大学をやめるしかなくなる」と言われ、やむなくストライキを中止したのであった。

以後、この紛争は全学に波及していき、文学科では、三年前期はなんとか授業は行なわれたが、10月15日開始の後期の授業は最初からストライキに突入したため行なわれず、その状態は1月半ばまで続いた。しかし、金沢大学の各学部ではどこも機動隊を導入するというようなことはやらず（隣の富山大学では何度もこれをやったため、いちばんこじれた大学のひとつになった）、結果的に学生の方がストを持ちこたえられず、自主的に解除するという事態になった。きっかけは、四年生が、このままストを続けていれば我々は卒業延期になるが、その覚悟を持ってやっているのかと詰め寄ったとき、スト執行部がまともに答えられなかったためである。

ストライキを解除する際に、国文科としては、

1. カリキュラム編成に参加させること

2. 研究室の図書購入にも参加させること

等を要求して受け入れられた。大学運営に学生を参加させよ、というのが全国的な流れとしてあった時代のことである。我々の在学していた時代は、集中講義に呼んで欲しい先生の名前を提案したり、買ってほしい図書の名前をリストに書き込んだりしていた。しかし、この制度は、我々の卒業後間もなく廃止されたようである。

学生は数年で入れかわってしまうものであるし、それに、こういう制度は、学生側が相当に力（運動家的なそれではなく学問的な方面で）がないと維持できないもので、その点でもあまり現実的な制度とはいえないと思う。もし、いま現在当時の我々が出していたような要求をきちんと出せる学生がいたら、私はいつでもそれに応じるつもりであるが、たぶんそんな力はないと思う。

〔『木馬』45号、２０００年3月に、昭和34年と35年の「正義のケンカ」および「刃物を持たない運動」の冒頭部分を発表、その他の箇所は未発表〕

文学を「研究する」ということ

1

『ネバーエンディング・ストーリー』という映画があります。

少年バスチアンがいじめっ子に追いかけられて逃げ込んだ古本屋。そこで見つけた、ほこりをかぶった謎めいた一冊の本『ネバーエンディング・ストーリー』に心惹かれた少年は、その本を学校に持ち込み、授業をサボって屋根裏部屋で読みふけります。その本のなかでは、〝ファンタージェン（＝ファンタジー世界）〟の危機が語られます。姿なき〝虚無〟が、〝ファンタージェン〟を次第に浸食しているというのです。若き勇者アトレイユは〝ファンタージェン〟の王である〝おさな心の君〟の命により、幸運の龍ファルコンらの助けを借りながら、国を救う者を探す旅に出る……。

というような物語です。有名な映画ですから、見た人も多いことでしょう。もしまだの人がいたら、たいていのレンタルビデオ店には必ずある作品ですから、是非ご覧になるといいと思います。

以前、共通科目の「古典文学入門」「日本文学入門」等を担当したとき、私は、最初か次の時間にこの映画を教室で見てもらい、そのあとで、「この映画はどういう点で「古典文学入門」の最初に見るのにふさわしいでしょうか？」というテーマで簡単な感想を書いてもらうのが常でした。単に映画の感想を書いて下さい、というだけですと、「とてもおもしろかった」とか、「アトレイユがステキだ」とか「できることならファルコンに乗ってみたい」などというようなのがどうしてもまじってくるので、そういうのを排除するために、自然にこういうふうに固まってきたものです。

しかし、そういうふうにテーマを限定して聞いてみても、かえってくる感想の多くは、「想像力は文学にとって大切なものだということをわかってほしいから」「いつまでも少年のような心を大切にしないといけないから」というふうな内容の、少年バスチアンが読んでいる物語のなかから教訓を見つけてくるような感じのものが大部分です。もちろん、想像力は大切です。この映画に出てくる岩を食べるロックバイターや空を飛ぶファルコンや得体の知れない予言者の亀モーラなんていう不思議な存在を生み出したのはすべて想像力によるものなのですから。ただし、それだけにとどまるのであれば、この物語は〝ファンタージェン〟のなかだけですませておけばいいはずです。しかし、この映画の作者はそうはしませんでした。〝ファンタージェン〟に危機が迫っていた、というふうにいきなり始まるのではなく、いじめられっ子バスチアンが『ネバーエンディング・ストーリー』という本を入手し、それを読みはじめるまでの経緯を丁寧に提示したのちに、その本の中の世界がはじまる、という二重構造にすることを選んだのです。しかも、さらに念が入っていることに、勇士アトレイユが〝ファンタージェン〟を救う旅を続けている合間合間に、学校の屋根裏部屋でこの物語を読むことに熱中し我を忘れているバスチアンの姿を繰り返し繰り返し挿入していくのです。

この二重構造の意味は、勇士アトレイユが最後にたどりついた、この国を救うものを映し出す鏡のなかにバスチアンの姿があらわれたときはじめて示されるわけですが、より明瞭なかたちで語られるのは、命令を果せないまま傷ついた身体で帰ってきたアトレイユを迎える〝おさな心の君〟の次のような言葉です。

「いいえあなたはすでにこの国の危機を救ってくれる人をもうすでに見つけてくれま

したよ。ほら、その人はそこにいるではありませんか。」

この言葉とともに、バスチアンは〝ファンタージェン〟の世界に招き入れられ、アトレイユにかわってファルコンに乗り、〝ファンタージェン〟の再生を果したのち、自分の国に帰ってきて彼をいじめた少年たちに仕返しをしていくわけです。いかにもファンタジーらしい結末ですが、ここでなによりも注意してほしいのは、物語を読み続ける少年バスチアンと〝ファンタージェン〟との関係です。〝ファンタージェン〟を存在させているのは、少年バスチアンの「読む」という行為そのものである、という事実です。この映画の基本構造がそこに置かれていることをぜひとも見逃してほしくはないのです。

そして、この構造はそのまま、文学作品における作品と読者の関係に置き換えることができます。すなわち、作品は読者が読まない限りは単なる紙とインクのかたまりにすぎない、あるいは、「読む」ことを通してはじめて作品は生命を与えられる等々といった、わかりきっているけれどもふだんはあまり意識されない事実です。

文学を研究するにあたっては、言葉の勉強をはじめとして、その周辺のさまざまの知識を要求されます。そして、そういう知識が増えていくのと比例するように、作家とか作品というものの存在は自明のもののようになっていきます。『源氏物語』について、原文はほんのわずかしか読んだことはないのに、登場人物やおおよそのあらすじは知っている、というようなことはしばしば経験することではないでしょうか。しかし、我々にとって、ある作品が存在しはじめるときというのは、その作品を自分で読み終えたとき以外にはないのです。どんなに立派に解説ができても、その作品を読まない限りは、あなたにとってあるいは私にとってそれは「存在」している、とはいえないのです。

文学作品を「読む」ということは、実はかなり面倒なものです。古典文学や外国文学だけでなく、現代日本の作品でも、本当の意味で「読む」となると実はかなり手間がかかるもので、新聞や週刊誌を読むようなわけにはいきません。だから、ついつい気のきいた解説や口当たりのいい批評などを読んだだけで、その作品について知った風な口をきいてしまう、ということを我々はしてしまいがちです。それだけですましても、とりあえずは「文学」がわかっている、というふうな顔をすることはできます。しかし、どんなにつたない解説しかできなくとも、作品を読むということをまず「経験」せよ、それがなににも勝るものである、というなかなかに辛口のメッセージを、このとても口あたりのいいファンタジー映画は我々に教えていると私は思うのです。

そして、このことは、文学を研究するためになにはさておいても忘れてならないことではないでしょうか。文学を研究するということは、このわかりきった事実をあらためてとらえかえし、作品を「読む」という行為を自覚的に問い直していく作業に他ならないからです。

2

前節で私は文学作品が存在するのは「読む」という行為によってである、といういささか極端な言い方をしましたが、それは、実は、我々のなかに抜きがたくある、作品は作者のもの、という思い込みをうち砕いておきたかったからです。もちろん、優れた作品を生み出した作者を我々は心から尊敬します。しかし、だからといってその作品はすべて作者のコントロールのもとにあると考えるべきではありません。作者の意図にかかわらず、あるいはその意図を超えた自由な「読み」による作品の世界を我々読者は持つことができるし、そうでなければ、文学を研究する意味などないといっても過言ではありません。

この問題についても、前節と同じように、やはり映画からの例をまず引いてみることにしましょう。以下に引くのは、黒澤明監督に映画評論家の原田眞人氏がインタビューしたものの一節です。

原田　音楽ひとつにしても「野ばら」とヴィヴァルディが見事な調和で盛り上げる。音楽で言うなら僕には「ボレロ」も聞こえてきた。画面の流れが「ボレロ」なんです。それも早坂（文雄）さんが『羅生門』でやられた「ボレロ」。絵（画面）をつないでいるときとか、脚本をお書きになっているときに「ボレロ」を意識されましたか。

黒澤　いや、それは意識していなかったですね。

（中略）

原田　なぜ早坂文雄さんの「ボレロ」が聞こえてきたのかなと、自分でもいろいろ考えてみました。『八月の狂詩曲』は入道雲のショットから始まっていますね。『羅生門』は入道雲で終わりたかったけれども終われなかった映画だということを、どこかで黒澤監督が書いておられて、それを読んで記憶にあるのですけれども、入道雲で始まって、タイトルが出て、四人の子供がおばあちゃんの田舎の家ですごす夏のドラマがあって、最後に『羅生門』の導入部のような土砂降りの雨になる。ちょうど『羅生門』と逆の形なんです。

黒澤　（笑いながら）まあ、そういう具合にこじつければね。

（中略）

原田　『八月の狂詩曲』は、原作が『鍋の中』（村田喜代子）、『羅生門』の場合は『藪の中』（芥川龍之介）ということもあって、わりと人間関係のごたごたしているところとか、『羅生門』とつながっている部分というのはありませんか？

黒澤　ない。

（『黒澤明語る』福武書店より）

ごらんのように、原田氏の質問はすべて作者である黒澤監督によって否定されています。それはみごとなほどで、思わず笑い出してしまいそうなくらいです。では、作者本人によって否定された原田氏の見解は、全く無意味なものでしょうか？　そうではないはずです。この一節を読んだだけでも、音楽や映像との関わりを通して『羅生門』と『八月の狂詩曲』という、40年以上へだたったふたつの作品に関連を見つけようとする原田氏の見解は映画批評としてまことにまっとうなものであると断言できます。あらすじや演じた役者についての解説でお茶を濁している当今の映画評論家と称する人々には真似のできない、高い志を持ったきわめて優れた映画批評であると思います。

と同時に、こういうやりとりは、作者にとってはかなりうっとうしいものだったろうな、とも思わせられます。単にほめるとかけなすとかいうレベルではない、あるいは制作の苦労話を聞くというのではない、このように客観的かつ分析的な批評を直接ぶつけられても作者としては応対に困るというのが正直なところだったと思われるからです。監督のそっけない返事は、そういう意味での困惑ぶりを示すものと考えるべきで、意識的にそっけなくしているわけではないと思います。私などは、逆に、黒澤監督が『八月の狂詩曲』冒頭の入道雲のショットや、土砂降りの雨の結末について、実は『羅生門』の逆をねらったのだ、などと発言したとすれば、気持ちが悪いと思います。作者はそこまで意識的でない方が普通であり、作者の生理が無意識に選び取ったショットが結果的にそういう意味づけの可能なものになっている、というのが普通だと考えるからです。

ここでもうひとつ、作者と批評の関係を示すエピソードを挙げてみましょう。今度は日本文学関係からの例で、批評家平野謙が、自分の書いた新潮文庫版『青べか物語』解説の主旨を作者である山本周五郎によって否定されたことへの反論ともいうべきエッセイです。

平野謙の解説の主眼は、

時代物を専門とする作者自身の珍重すべき私小説ではない……『青べか物語』はいわばノン・フィクションとみせかけた精妙なフィクションにほかならぬ……現実の浦安町はそのための一素材にすぎない

というあたりにあります。私小説的な身辺回想記の体裁をとってはいるが、そこに描かれた「浦粕町」は現実の浦安町とは質的に異なる、作者によって理想化の施された世界である、ということを、作中の主人公が読んでいるストリンドベリイの『青巻』という作品などを手がかりにしながらあざやかに説き示したものです。この文庫はいまでも手にはいるはずですし、解説だけなら『平野謙全集第8巻』その他で簡単に読むことができます。私も、新潮文庫で『青べか物語』を読んだおり、この解説を感心して読んだ記憶があります。ですから、愚痴の多い平野謙にしてはめずらしく、「会心の文章」とこの解説を自讃しているのにも素直に同意できたのでした。しかし、残念ながら、それは作者の気には入らなかったようです。以下、少し長くなりますが、エッセイのその部分を引いてみます。

木村久邇典という人の『人間山本周五郎』という本をみると、山本周五郎は私の解説を嘲笑したあんばいである。その次第を同書から引用しておく。

山本さんはゲラゲラわらいながらいったという。

オトナはいろいろなことをいうさ。とくに批評家は、作者が思いもしなかったことをコムズカシくあげつらうものだよ。そして年をとればとるほど、頑なに自説をまげようとしなくなる。頭が老化現象を起している証拠だな。そうはなりたくないものだ。『青べか物語』はあくまで、スケッチです。文藝春秋に掲載したときも特に希望して小説欄に組込むのをやめてもらったくらいじゃないか。

山本周五郎が私の解説に反発したもうひとつの理由は、ストリンドベリイの感想集『青巻』を、もしかしたら山本周五郎は尾崎士郎からすすめられ、愛読するようになったのかもしれない、という私の推定に反していたからだ、と木村という人はつけくわえている。しかし、『青べか物語』の解説にストリンドベリイの『青巻』を採りあげたこと自体がひとつの功績だった、と私はいまでもひそかに自負しないでもない。若い批評家だったら、『青べか物語』のなかから『青巻』のことに着目し、その取扱いかたをめぐって語を費やすというようなことは、まずしないのが普通だろう。作者にしてみれば、よくそこまで読んでくれた、といってもいいところじゃないかと思う。それにくらべれば、『青巻』を尾崎士郎にすすめられたか、その前から知っていたか、などはそもそも枝葉末節の話にすぎない。そんな枝葉末節にこだわるほど、山本周五郎は尻の穴のせまい人だったか、といささか興ざめにならざるを得ない。

しかし、私は以前から会話体まじりの回想文にはあんまり信用をおかないことにしている。いちいちテープを取ったわけでもあるまいし、会話体で回想文を書くこと自体、すでにひとつのフィクションがまじるのを防ぎがたいのである。それに『人間山本周五郎』の場合は、いっそう信用できない理由がある。というのは、『青べか物語』には全く小説的粉飾がほどこされていず、すべて正確なデッサンの上に成りたっている、云々というさきに引用した文章は、木村久邇典その人の文章を要約したものだからである。私は木村という人をやっつけるつもりはさらさらなかったから、名前も場所も明記せず、ただそういう説があるが、「私にいわせてもらえば」それはちがうとだけ書いておいたのである。いま念のために明記しておけば、それは講談社版《山本周五郎全集》第八巻附録月報の『作品覚書』という文章である。一般読者は知らないにしても、すくなくとも木村その人と山本周五郎とはそのことをよく承知していたにちがいない。そこで、もしかしたら山本周五郎は一極の会釈の意味で、さきに引用したにちかいことを口走ったかもしれない。口走らなかったかもしれない。いまとなっては死人に口なしである。問題は作者がなんといおうと、『青べか物語』を虚心に読んで、私の説が正しいか誤っているかを、作品論として論ずること以外にないだろう。

平野謙らしい情理を尽くした反論であり、これ以上解説する必要はないでしょうが、どちらかというと作品そのものよりも作家の生活を詮索することの好きな評論家とみられがちな平野謙にしてこの言のあることが私にはとても面白く思われます。

「作者がなんといおうと、『青べか物語』を虚心に読んで、私の説が正しいか誤っているかを、作品論として論ずること以外にない」という末尾の一文は、まさにわが意を得たりというべきものです。作者の言ったことを後生大事に追認するだけで終っているような近代文学関係の卒業論文を見るにつけても、主体的な読みを背景にしないままに、作品を調べたり、文献あさりをしたりしても、それは本当の文学研究ではないと思わざるをえないのです。

3

結局、この文章で私はひとつのことしか言っていません。すなわち、文学を研究するとは、作品を自覚的に「読む」ことに他ならず、それを繰り返す以外に王道はない、ということです。

二年生になって文学科のそれぞれのコースに所属するようになると、演習・講義・概論等によって文学を研究するために必要なさまざまの知識を提供され、そのための訓練を受けることになります。しかし、それらは、よりよく「読む」ために必要な手段だからこそ諸君に課せられるのであり、それ以外ではありません。読みたい作品を教室ではなかなか取り上げてくれない、という不満はしばしば耳にするところですが、時間が限られている以上すべての学生の望みをかなえることは不可能です。それよりも、それぞれの講義や演習において、いま述べた「読み」の世界がどのように展開されているか、という興味で接するようにすれば、その作家や作品に特に興味がなくても、得るところはさまざまにあるはずです。それらを糧としながら、四年次に課せられる卒業論文のなかで、自らの主体的な読みを形成できるかどうか、それがこれからの最大の課題なのです。

本稿では、文学作品自体の評価や我々の「読み」自体の善し悪しということには意識的に触れませんでした。評価の問題になると、さまざまの問題が輻輳《ふくそう》してきて、一般的な答えは出しにくく、個別具体的な例で語るしかなくなってくるからです。ただ、その場合でも、最終的に判断を下すのは自分であるという原則は動きません。先行の研究に導かれて研究を始めたとしても、そして、最終的な評価としては同じところに行き着いたとしても、自分で主体的に判断した結果であるか単に先行研究を鵜呑みにしただけに終わっているかで、その研究に対する評価は一八〇度異なってくるのです。

とすれば、文学を研究するとは、他の作家や作品を対象にしているようにみえても、結局は、自分自身を知ることに他ならないといえるのかもしれません。

〔『人文科学の発想とスキル』（金沢大学文学部編）２００２年３月〕

「文学とは何か?」と問われて

文学部にいても、「文学とは何か?」というような根本的な問いを正面切って考えることはそう多くありませんし、まして、そういうことを講義などで話す機会はあまりないものです。

たまたま、ある学生(質問内容からも明らかなように私の講義を受講している学生です)から、突然、以下のような質問メールが舞い込んだので、ふだん考えていることをまとめるにはいい機会だと思い、まじめに返事を書いてみました。

このやりとりは、これからも質問者が続けてくれる限り続くとおもいますが、とりあえず、これまでのところをまとめて発表します。

なお、こういうかたちで発表することは質問者からも了解を得ています。

【質問】文学が何なのかわかりません。書くことは何を目的に行われるのですか？悩んでいます。教えてください。

【木越】大問題ですね。まず確認しておきますが、「文学とは何か」という問いは、1＋1＝2というような意味で、ひとつだけ答えがある、あるいは、それしか答えがない、というような性質のものではありません。むしろ、自分で考え、悩み、納得して答えを見つけていくべき性質の問いです。しかし、そう言って終りにしてはあまりにも不親切なので、考えるための糸口をいっしょに考えていきましょう。

で、その糸口ですが、そういう疑問（「文学とは何か」が自分にはわからない）をなぜ自分は持つようになったかを、順番に、他人（少なくとも私）にわかるように書いてみて下さい。すべては、それからです。

【質問】私が疑問を持った契機は、以前のサブカルチャーについての対談の感想を提出せよという課題です。その中には文学という語が多数含まれていましたが、私は文学部に籍を置きながらその語の意味するところを理解していないことに気づきました。ですから、はじめの質問の中身はひどく浅いものです。「文学とは」という問いに手がかかるのは、少なくともあと30年生きた後であろうと思っています。ただ、文学という語のもつ意味が、科学と似たものなのか、美術と似たものなのか、あるいはまったく別のものなのかをまず知りたいと思います。

【木越】「文学」自体は、科学ではありません。科学というのは、実験によって他人にも証明可能なもの、というのが大前提でしょうし、そうでなくても、数学のように、たとえばユークリッド幾何学という論理的枠組みのなかで証明を行なっていく、というような、論理だけで構成されるものではありません。美術や音楽に似て、個人の好き嫌いというものがいやおうなく入ってくる分野です。

【質問】文学が科学と似ているのならば今までの学校教育の中で多少なりとも取り扱い方を学んできていると思います。もし美術に近いのであれば大いに困惑はしますが、そのようなものだと心して取り掛かることに致します。文学という語に、研究という語がついたり鑑賞という語がついたりするのでよくわかりません。

また、文学がことばを用いることによって自己言及的になるらしいので私の頭の中は整理がつかない状態になっています。ことばを取り除いては何も残らぬように思えますし、ことばが幾重にも取り囲んでいるために核が見えないのではないかとも考えます。

（私は特別な宗教を持ちませんが、自分はことばを信仰しているのではないかと思っています。私の感覚とことばが一致するときには信じる気持ちが揺らぐことすら考えません。しかし感覚がことばで表せなくなると、世界は私の理解より離れてゆくので私はことばを疑ってしまいます。私はことばを使って表現することの目的を自覚しません。手段と目的はおそらく同じです。他の人によると私は確かにことばを使って表現を行う者であるらしいです。作家とか作者とは遠いのですが）作家とか作者というひとたちは何を目的にしているのかが気になりました。この疑問が特に2／17におこった理由は、レポートのために自然主義作家の評論などを読んでいたからだと思われます。真実の探求ということが目標なのならば、自分はえらいものに関わっているのだと思い直さねばならないと思います。

【木越】そういう疑問は全く正当なもので、私も、あなたくらいの年齢のとき、文学のような客観性のないものの勉強（この場合は卒業論文の対象とする、という程度の意味です）に一生をかけるのはつまらないのではないかと考えたことがあります。それでも、言葉に対する関心はあったので、文学研究ではなく語学研究の方に進もうかと思ったりしました。すくなくとも語学研究の方が、理論的だし、科学的、実験的な要素を持っていますからね。

私の経験はともかくとして、とりあえず、文学は「言葉」による芸術である、ということから出発するしかないと思います。「音楽」が「音」の芸術、「美術」が「色」や「かたち」の芸術であるようにね。

で、問題は「芸術」とはなにか、ということになりますが、これについては、その昔、「美学」という学問があって、この学問は、哲学の一分野として、理屈でもって「芸術」を定義づける学問であったといえます。いまは、「芸術学」と呼ぶことが多いかもしれませんが、哲学の世界では、こういう分野はいまはあまり「はやり」ではないようです。

ただ、私は、そういう哲学的考察をしてみたかったわけではないので、少しだけその種の書物をのぞいただけでやめにしましたが……。

いま、私が関心を持っているのは、「文学」を感じること自体です。かつてそんなにも思わなかった作品（たとえば『伊勢物語』など）がこのごろ急に身近に感じられるようになったということがあるからです。そういう体験をいままでもたくさんしたいと思っていますし、その体験を、国文学的な方法論を使いながら言葉にしていきたいと思っています。

ですから、この、逆に自分が「感じない」作品にはあまり興味がないし、文学一般の普遍的な原則についてもあまり関心がありません。その程度には、自分の感受性に自信を持てるようにはなってきています。

だから、「文学」というか「芸術」について語るときに、根本にあり、なければならないのは「自分の感受性」に対する信頼でしょうし、究極的な問題はそこに帰着するのではないかと思います。

【質問】文学がことばの芸術という点、納得いたしました。

すると次に気になるのはやはり、こんなとらえどころのないものを勉強してどうしようというのか……というよりも、勉強できる「こと／もの」なのかということです。客観性が成り立つには地盤がよろしくないようですが、学問は主観のみで行っていいことではないでしょうし……。

【木越】文学の制作はきわめて主観的なものです。しかし、それを研究することは、ある程度客観的になしうるのではないでしょうか？

世間にしばしばある誤解ですが、「文学部」というのは、文学を作ることを教える場所、と考えられたりします。しかし、入ってきてわかったように、我々は作り方は教えられません。

ただ、つくられた結果（＝作品）について、観察したり、評価したり、作られるプロセスを調べたりすることは可能です。そしてそのことは、芸術の一ジャンルとしての「文学」の価値を認める限りは、有益な作業だと思います。なぜなら、芸術が人間の精神活動の精髄としての表現形態であることを認める限り、それについて研究することはすなわち「人間」の価値を考えることにつながるはずだからです。

ただし、これはあくまで建前であり、我々の研究が実際にそこまで到達できているとはとうてい思ってはいないのですが……。

【質問】文学と文学者と作者の関係がよくわかりません。サブカルチャーの対談の中では作者も文学者のような感じでしたが、他の学問分野では、学者は研究する人とイコールなのでしょうが、文学に限って違うのでしょうか?

【木越】文学の場合がたぶんいちばん作者と研究する人との分業化が進んでいるようです。もちろん、音楽の世界にも音楽学者や音楽評論家はいますし、美術の世界も同様です。ただ、文学が「言葉」を対象にしているという関係上、いちばん人文科学(哲学以下の諸学問)と相性がいいということはあるでしょうね。

【質問】もっと細かなことのふたつめ。

私たちが対象にすべきものの範囲はどこまでなのでしょう。文学作品はともかく、それに伴って生産されるもの……評論なども外見的には文学作品と変わりなく文字で書いてありますが……。

【木越】これは一定しないというべきでしょう。あるときまで、研究の対象ではないと考えられていたものが、時代が変わると研究の対象になる、ということはしょっちゅうあります。たとえば古い例になりますが、親鸞や道元の著作は、もちろん、宗教書ですから、その内容において研究されるわけですが、宗教書として影響を持つためには当然表現にも工夫があるわけで、となれば、表現に着目した研究があっていいわけだし、そういうのは、宗教研究というよりは、「文学」研究とよんでさしつかえないはずです。

【質問】ある人が「ことばは文字にしないで音声のままにしておくのがよい」とおっしゃったのを聞いたことがあるのですが、音声言語というのは取り扱い可能な対象なのですか？　演劇の台本は読まれること（黙読されること）が前提ではありませんし、その場合は舞台と台本とどちらが対象なのでしょう。舞台が対象だと、ことばだけの芸術ではなくなって、他の分野になってしまうのではないかと思います。

【木越】このあたりが文学研究の対象として境界になりますね。

口頭伝承は、それが言葉で語られている限り、文学研究の対象でしょうね。ただし、書かれたものと違って、どんどん変化していきますから、書かれたもののように研究するわけにはいかない、それ独自の研究方法を考える必要はあると思います。

演劇は、文学とは非常に関連の深いジャンルですが、上演されたものまで考えていくとなると、演ずる人（役者）の問題などが入ってきますから、文学研究からいくらかはずれるかもしれません。しかし、能楽や歌舞伎の研究などは、日本文学研究の一ジャンルに数えてしまうことが多いようです。多くは、戯曲として残るし、特に古いものに関しては、文字資料（一部絵画資料も含みますが）を中心に研究していくので、その点で、古典文学の研究と同じような研究の方法が有効だからでしょう。ただし、作品自体について考える場合、物語や小説などの散文や和歌・漢詩などの韻文はテキストだけを問題にすればいいのですが、能楽や歌舞伎のような演劇の作品だと最終的には上演されたかたちを想定する事が必要になってきますので、そこのところで違いが出てきます。ですから、書かれただけのものとは異なるということを前提にしたうえで、文学の一ジャンルと考えることが多いようです。

ただし、これがさらに、映画やテレビドラマなどのように映像表現になると、舞台よりもはるかに世界がひろがるし、言葉以外に頼る要素も多くなるので、別のものと考える（映像論というか表象芸術とかいうのかな？）ように思います。

〔『木馬』50号、2005年3月〕

教えすぎないための提案二、三

一

最初に、ふたつほど、FMラジオの音楽番組からの例を出すことにする。

ひとつは、NHK-FMで月曜日午後4時からオンエアされていた洋楽オールディーズをかける番組（2005年3月末終了）で、DJの萩原健太が若いリスナーから届いた質問に答えたものである。「自分はいま現在の洋楽のヒットチャートを聞いてもちっともおもしろくないのだが、萩原さんはどうですか？」という質問に対して、とても懇切丁寧に答えていて感心したのだが、その内容を記憶している限りで要約すると以下のようになる。

彼は、「自分はオールディーズも大好きだが、現在のヒットチャートも聞くし、とてもおもしろいと思いますよ」と答えたうえで、「ヒットチャートを楽しむには、一回だけ聞いても駄目で、何回か続けて聞かないといけません。そうして聞いていくうちに、どういう変化があるかがわかってくるし、ヒットチャートがいまどのあたりを中心に動いているかがわかってくるのです」と解説し、むかし、自分がチャートに関心を持ち始めた頃には、トップ100の曲を全部手に入れようとしたもので、その当座は大変だったが、一旦それをやっておくと、あとは新しく入ってきた曲だけを集めていけばいいので、それほど大変ではない、というふうに、きわめて実践的なアドバイスまでしていたのである。

これを聞きながら、その答え方に感心すると同時に、これは、我々が現在の文学現象に対するときにもあてはまる、とても大切な心得を語っているなあ、と思ったことを鮮明に覚えている。萩原健太という人は、ビーチ・ボーイズのブライアン・ウィルソンが一番好きなソング・ライターである、ということを番組開始時から広言しており、十年近く続いたその番組で一番多く特集されたのはエルヴィス・プレスリーのはずである。そういう洋楽ポップス研究家である彼が、一方で、ただいま現在のヒットチャートに対する関心を失わないでいるのに対し、リスナーの方が、オタク的にオールディーズにはまりこんでいる、という構図は、いまの日本の文化状況を象徴しているようでなかなかに興味深いものがあった。

そして、これと同じ文脈にある発言として挙げておきたいのが、同じく洋楽オールディーズ中心の選曲をしている山下達郎の「サンデーソングブック」(その名のとおり日曜日の午後2時からFM東京系で現在もオンエアされている番組)での発言である。20歳前後の若いリスナーが、非常にマニアックな60年代アメリカンポップスの作曲家の作品をリクエストしてきたのに対して、彼は「でもあなた、いま20歳だったら、こんなのばっかり聞いていないで、いまのホット40なんかも聞かないと駄目ですよ。そうしないと自分の世代の音楽というのがなくなりますからね」と例の早口でコメントしていたのである。いうまでもなく、山下達郎もまた、筋金入りのオールディーズ研究家である。打ち合わせたわけでもないだろうに両者がこのように似たようなアドバイスをリスナーにしていたというのは、案外いまの時代の特質を映し出す現象かもしれない、と思うのである。

私個人の問題としていえば、だからといって、これからは「群像」や「文学界」等に載る新作小説とつきあおうなどと決心したわけではさらさらない。ただ、文学にたずさわるものの最低限の心得として、最新の芥川賞作品だけを読んで、「この頃の小説はつまらない」と口走るような真似だけはすまいと思ったことである。

昨年から、私は、教養課程の授業で、受講生に一月五〇〇〇頁読破挑戦読書日記というのを課し、その感想文を毎週読んで返却する、という授業をはじめている。そのシラバスの一部を注1に引用しておくが、この受講生のなかに必ずいるのが、電撃文庫などのライトノベルズにはまっている学生と綾辻行人らの新本格ミステリーにやたら詳しい学生である。どちらも私には苦手なジャンルなのだが、「好きではない、苦手だ」という言い方はしても、読むなとか読むべきでないという言い方は絶対にしない方針にしている（ただし、こういうのの感想を書くのはむずかしいだろう、という言い方はする）のは、いくらかふたりの忠告に通ずるものがあるといえるかもしれない。また、ミステリーについて書くときは感想であってもネタをばらさないのが最低限のルールだ、と言う言い方もよくするが、芥川の「羅生門」だか「鼻」だかを取り上げた学生が、「ネタばれになるからこの小説の結末は書かない」と書いてきたのは、果してギャグだったのか（としたらかなり秀逸というべきかもしれない）、真面目だったのか……。当方は真面目に、「そういうのを日本文学専門の人間に書いてくるのは失礼だぞ」とコメントしたのであったが……。

二

再度、萩原健太の番組に戻るが、彼が番組の中で試みた特集のうち、我々が文学史でやるようなことだなあと思ってとてもおもしろく、録音したのを手元に残してあるのを紹介しておきたい。幸い、いまでも、ネット上にそのときのオンエアリストが載っているので、注2にその内容を掲げておく。

萩原健太がつねづね主張しているのは、「ロックは誕生以来50年以上の歴史を持つ音楽であり、充分研究に値するジャンルなんだ」ということである。この特集はその主張を具体的に実践した一例であって、エルヴィスが初めてレコーディングしたときがロック誕生のとき、というポップ・ミュージック史観に立って、そのときの音楽状況を再現しようと試みたものである。

この特集を聞きながら、私自身はエルヴィスよりも、ジョー・スタッフォードやペリー・コモなどのスウィートなポップスの方をよく聞いてきたし、いまでも耳馴染みがいいなあと感じたものであるが、それだけにエルヴィス登場の衝撃というのを音そのものを通して実感することができたように思う。

同じことを我々の研究に置き換えれば、安永五年に『雨月物語』が出版されたときの上方の出版界の状況如何とか、天和二年前後の『好色一代男』刊行時の上方の小説界、というようなかたちで即座に考えうるし、明日からでもただちに実践に移したいテーマといえる。ただ、エルヴィスの方は、聞くだけなら60分もかからないが、我々の場合は、『国書総目録』を使って書物を抜き出すだけでも一仕事であり、それをある程度かたちにし展示できるくらいまで調査するとなると、四、五年はかかるにちがいない。我々の仕事が全くの家内制手工業で成り立っていることを痛感させられるわけだが、それはともかく、文学史というのが、作家と書物の名前を羅列的に覚えるためのものではなく、こういう現場感覚をできるだけヴィヴィッドに再現し、その時代のなかで作家や作品を理解していくことなのだ、ということをわかってもらう例として示すには、この特集などはかなり有効であるにちがいない。

こういうふうに、音楽を使って文学に関する事象を説明するということでいえば、テクストというものが多様な解釈可能性を持っている、ということを説明する際に、同じ曲の違う演奏を聞き比べてみる、という手法は相当に有効なのではないかと思われる。

こういうときに例示する音楽は、有名であればあるほどいいのだが、大会当日、私がCD-Rに焼いて持参したのは、ベートーヴェンの交響曲第5番「運命」の冒頭部約1分ほどを、以下の六種類の演奏から抜き出したものであった。

1. 指揮　ウィルヘルム・フルトヴェングラー　演奏　ウィーン・フィル
2. 指揮　ブルーノ・ワルター　演奏　コロンビア交響楽団
3. 指揮　ヘルベルト・フォン・カラヤン　演奏　ベルリン・フィル
4. 指揮　J・E・ガーディナー　演奏　オルケストレル・レヴォリュショネル・ロマンティク
5. 指揮　岩城宏之　演奏　オーケストラ・アンサンブル・金沢
6. 編曲　F・リスト　ピアノ独奏　グレン・グールド

興味のある方は、ぜひ同様のことを試みていただきたい。ベートーヴェンがきらいならモーツァルトでもショパンでもいいし、またクラシックに馴染みがないというのならばポップスでも日本の歌謡曲でもなんでもかまわない。基本的に、同じ楽譜すなわちテキストを別の指揮者や演奏家がやっているものなら何を例にしてもいいのである。それらを聞き比べ、同じ楽譜に対してこれだけ異なった解釈が可能だということを示すことさえできれば、それを出発点として、同様のことが文学テキストの解釈という行為においても実現可能だし、可能であるべきなのだ、というところにもっていき、テキスト論の基本的な話につなげていけるはずである。もちろん、実際に分析し解釈する段階においては、個別・具体的な問題がいろいろ出てくるわけで、この理屈だけですべてが割り切れるわけではもちろんないが、専門家になるわけではない学生たちに対して一番呑み込んでほしいのは、こういう根幹のところではないだろうか。しかも、こういう理論を言葉で話すとなると非常にめんどうくさいことになってくるので、こういう場合にはむしろ文学以外のことを例にしてやる方が効果的なように思われるのである。

また、作品における「語り」という問題も、作品を分析していく際には、まことに重要なのだが、これも、うまく説明するのはなかなかにむつかしいものである。かつては、『源氏物語』の草子地の例などをよく利用したものだが、原文自体がむずかしいせいもあって、なかなかわかった顔をしてくれず、もどかしい思いをすることが多かった。しかし、あるとき、落語を聞いていて、マクラからいきなり熊さんとご隠居さんの会話に移る呼吸とか、ご隠居さんになりきっていた演者が突然素にもどり、お客さんに向かって、「ほんとにバカな連中ですよね」などと注を入れつつ、また熊さんとご隠居さんの会話にもどっていくあたりは、そのまま「語り」の問題として扱えるのではないかと思ったことがある。ただ、残念ながら、いまの学生には、落語がかつての我々ほど身近なものにはなっていないので、はたしてわかりやすい説明になるかどうか、かえってわかりにくくなるのではないかとも思われて、いまだ試すまでには至っていない。

三

以下に引くのは画家安野光雅の本に出ていた例である。

鈴木稔（もと岩波の人）から、ごく最近、葉書をいただきました。次のとおりです。「NHKのハイビジョン放送「迷宮美術館」（2003年7月12日午後7時半）で、ちょっとおもしろいシーンを目撃しました。四枚の抽象絵画を示して、そのうちプロの描いた一枚はどれかを四人の出席者に当てさせるという趣向です。ポロックの作品を当てたのは二人、私もはずしました。あとの三枚はアマチュア、といっても人間ではなく、なんとゾウとゴリラとイルカが描いた？　ものでした。出席者の二人と私が選んだのはイルカの作品でした。ポロックのはなんだかちんまりとまとまって、つまらなく見えたのです。ＮＨＫも結構やりますね」

（安野光雅著『絵のある人生』岩波新書、２００３年９月刊より。なお、文中のポロックとは、アメリカの抽象画家ポール・ジャクソン・ポロック〈１９１２～１９５６〉のことである）

前項にならっていうと、これはテキスト解釈の問題というよりは、テキストそれ自体の問題ということになろう。安野光雅自身は、これに対して、特にどうこうというコメントをしていないが（ただし、現代抽象画に対して批判的な立場にあるらしいことは推察できる）、現代美術の分野では、こういう問題をどう処理しているのか、くわしい人がいたら教えてもらいたいと思う。

この例と関係してきそうなのが、ジャズにおける「IN」と「OUT」という概念である。これもやはりＮＨＫ-ＦＭで国府弘子というジャズピアニストが土曜日の夜11時10分から隔週で担当している「ジャズ・トゥナイト」という番組の「ジャズ入門コーナー」で最近仕入れた知識なのだが、そこでの説明によると、「IN」というのは、法にかなった、これまでの約束通りのやり方である。これに対して、「OUT」というのは、そういう法則からはずれた演奏なのであるが、ジャズ・ミュージシャンにとっては、いかにカッコよく、かつスリリングにOUTな演奏をするかというのがつねに課題になるらしいのである。仲間うちで「あそこのOUTはよかった」とか「さっきのOUTはちょっと失敗だった」という言い方をよくすると話していたが、それ以上におもしろかったのは、よい「OUT」はやがて「IN」に組み入れられ、一般的になっていく、という点である。

　このことは、太鼓ミュージシャンとしての私自身の体験からもいえることなのだが、ここではその話題を、太鼓の楽譜を例にして話してみたいと思う（大会当日は、実際に机をたたいて実演めいたことを交えて話したのだが、残念ながらその種のパフォーマンスはすべて省略せざるをえない）。

　下欄に例示した5つの譜例は、どれも4分の4で1小節に

8つ均等に音を入れたものを4小節並べたものである。つまり、8分音符のリズムを4小節分たたけばいいわけであるが、譜例1には、それの2拍目ごとにアクセントをつけろ、という指示があり、譜例2は、1拍目ごとにアクセントをつけろというものである。このへんは、格別むずかしいわけではなく、正確さを問題にしなければ、誰にでもできるであろう。が、譜例3になると、拍の裏のリズムを要求しており、これになると、1小節くらいはなんとかなっても4小節きっちりできる人はそう多くないかもしれない。できる人は、よほどリズム感がいいか、でなければ、ピアノを習っていたり、バンド経験があったりする人だと思う。

さて、とりあえず、この3パターンだけを2小節ずつ交互にやってみると、これだけでも簡単な練習曲のように聞えるはずである。こういうパターンだけによる曲作りは、学校の音楽の先生が指導している太鼓チームなどにときどき見られるが、しかし、曲としての変化に乏しいため、イマイチ面白味に欠けるきらいがある。それを避けるためによく取り入れられるパターンが、1小節単位で、8分音符の3つ目ごとにアクセントをつける譜例4のリズムパターンである。これを一発でやれる人がいたら、いますぐ我々のグループに入ってても充分にやっていけると思う。おそらく、ジャズとかポップスのリズム感覚を取り入れたものだと思うが（「8分音符の3連どり」という言い方で紹介している例をジャズ雑誌でみかけた記憶がある）、私の練習してきた吹奏楽やクラシック系の音楽のなかには出てこなかったパターンなので、身につけるまでにかなり時間を要した記憶がある。

これを、さきほどの例にならって、2小節ずつ交互に演奏してみれば、譜例4のあたりでちょっとした変化ができ、練習曲としてもそれなりのものになる。そして、これら4種類のパターンをベースに、強弱や演奏する太鼓の種類を変えていく、というふうにして組み立てていけば、初心者段階の練習メニューとしては充分なものになるのである。

私が和太鼓をやり始めた20年ほど前は、このパターンが全盛であり、どこのチームもこのパターンを取り入れた曲をやっていた。さきの「IN」と「OUT」という言い方に従えば、この当時は譜例4のパターンが、「OUT」から「IN」になりつつあった時期にあたるといえるだろう。しかし、いまはもうこのパターンは「IN」の方にどっぷりと入り込んでおり、当たり前すぎる感じがして、我々のようなアマチュアのチームでもつなぎ程度にしか使わない。どうしても使いたいときは、譜例5のように、最後のところをひとつウラに移すとか、あるいは、全体を8分音符ではなく倍の16分音符でやる（これはまだかなりテクニックを要するので、どのチームでもできるレベルにはなっていない）というふうにして使うことになる。

ただ、こういうふうに「OUT」であったものがやがて「IN」になっていく、というようなことは、音楽全般、いや芸術全般にいえる原則ではないかと思われる。そうした動向に対してつねにアンテナを張り巡らしていることが大切だ、という意味でも、最初に引いた萩原健太や山下達郎らの姿勢には学ぶべき点が大いにあるといえよう。

三

ところで、このように我々は曲作りにも練習にも楽譜を用いてやっているが、能登の御陣乗太鼓に代表される伝統的なスタイルの太鼓チームでは、ほとんど楽譜を用いない。相当の打ち手であっても楽譜を読めないことが多いし、当然自分たちの演奏を楽譜にすることもできない（ただし、私は、楽譜が読める／読めないことと、太鼓プレーヤーとしての優劣とは全く関係ないと考えている。念のため）。練習方法を聞くと、要するに先輩が手本を示し、それをまねてたたくことからはじめ、ある程度以上になると、自分なりのスタイルを見つけ、それを磨いていくだけ、ということになるようである。もちろんその段階で、先輩たちからの指導や助言があるのだろうが、我々のように決まった練習プランが楽譜になっているというようなことはないし、毎週集まって練習することもないらしい。出番の前に集まって簡単に打ち合わせをすれば十分らしいのである。こういうタイプの打ち手と話していると、若い人でも、よく「味」ということを口にする。あの人の太鼓には「味」があるが、この人のにはない、というふうに。しかも、それは体で修得するしかないものだ、というかなり秘儀化した言い方とセットになっていることが多いのである。しかし、私にはそのうちの何割かは楽譜で表現できてしまうはずだという強い確信がある。だから、楽譜で伝えられる部分と、楽譜ではどうしても伝えられない部分とを区別することが重要だ、ということを主張するのだが、なかなかその意図をわかってもらうことができない。そんな理屈ばかりでは太鼓はたたけないよ、と返されるのがオチなのであるが、同様のことは「文学」の世界にもあてはまりそうな気がする。

さきほど私は楽譜を演奏することに関して、「正確に拍をとることができれば」と簡単に言ってしまったが、まさにその「正確さ」を身につけるために、どれだけの習練が必要か、ということは、音楽を少しでも—部活程度で充分である—やった経験があればすぐにわかるはずである。私自身の経験に即していえば、中学時代、正確に拍を刻むための練習ということで、メトロノームを前に置いて、4分音符＝100くらいからはじめて最後180くらいまでのテンポを、2分音符・4分音符・8分音符・16分音符で5分ないし10分ずつたたき続けるという、全くつまらない訓練を何か月もくりかえしやってきているのである。だからこそ、40歳をすぎて地元の和太鼓グループに入ってもさほど苦労せずにいられるわけなのである。

一般に、大学などの授業においては、こういう「習練」の部分は省略し（あるいは学生個人の努力にゆだね）、理論の部分だけを話すことが多い。が、いま、大学でもどこでも、授業の中で本当に求められているのは、こういう「習練」的な要素なのではないかと思われる。学生個人の努力にゆだねてきた部分が、いまはほとんどあてにできなくなっているからである。それを嘆いてもしようがないので、面倒なことは覚悟のうえで、注1にあげたような一ヶ月五〇〇〇頁読破の試みを私は学生に課しているわけだが、これはいってみれば文学における「基礎体力養成」メニューであり、それはまさに、「文学」を学ぶというプロセスのなかに、なんとか「習練」的な要素を取り入れられないか、という試みの一つに他ならないのである。

一般に、太鼓やその他の楽器を練習する場合のように、テクニックとか技芸にかかわる部分の多い事象については、比較的簡単に聞いてもらえることであっても、同じことを、こういうふうに「文学」や「文学」教育にあてはめて、マニュアル化していくことが大切だ、などと説いたりすると、とたんに顰蹙を買いそうな気がする。

しかし、太鼓の演奏や指導に十数年かかわってきた経験から確実に言いうるのは、実演することでしか手本を示しえない指導者というのは実は無能な指導者だ、ということである。そして、私を含めた多くの国語教師が、「教える」と称してやってきたことの多くは、単に生徒の前で、実演してみせるだけのことだったのではあるまいか？　もちろん、その素晴らしさにあこがれる生徒や学生は、いまも昔も一定の割合でいるだろう。が、もはや、それをあてにしている時代ではないと思われる。とすれば、問題は、「教える」ことにあるのではなく、逆説的な言い方ながら、いかに「教えない」でおくか、あるいは、教えることの快楽から離れて（若い教師はどうかしらないが、50歳を超えてくると、教えることそれ自体がある種の快楽になってくるのではないだろうか）、生徒や学生が自分で身につけようと努力するプロセスにどのように参入していくか、ではないだろうか。

運動のことはよく知らないので、話を音楽に限定しておくが、初心者レベルの指導者に要求されるのは、上手・下手を指摘することではない。下手であることはわかりきっているのだから、どういう訓練をすれば、その人に欠けている要素をより早く効果的に身につけることができるかを、具体的な「習練」のメニューとして提示することであり、かつ、その練習の成果をきちんと評価することである。小学校・中学校はもちろん、高校・大学でも、いま我々に要求されているのは、文学教育や古典教育に関しては、それぞれの段階での初心者レベルの指導者であることだ、という現実認識を持っている私—大学院においてはじめて、かつて使った意味での「文学」や「研究」を語りうる、というのがいまの私の現在の実感である—の目には、久しぶりに出席した日本文学協会の大会で聞いた話の多くや、雑誌に載っている国語教育関係の文章の多くは、生徒に対する「習練」メニューの提示ではなく、実演の部分の話に集中しているように見えたのだが、それが私の勘違いでなければ幸いである。
もちろん、「習練」の部分はきわめて相互依存性の高いものであるから、簡単に一般化できるものではないし、一般化してもさほど意味がないだろう。少なくとも、私自身は、この文章を、参考になるかもしれない試みの一つ、として以上に位置づけるつもりはない。かつ、その成果如何といっても、太鼓やその他の音楽ジャンルのようにコンクールがあるわけではないし、スポーツのように勝ち負けや数字で表せるものでもない。だから、我々は、非常にわかりにくく見えにくい場所に立たされているわけなのだが、しかし、教育するものとしての我々が立つべき場所は、そこしかないのではないだろうか?

昨年話題になった、いとうせいこう・奥泉光による対談本『文芸漫談―笑うブンガク入門―』（集英社刊）には私と同様の危機感がみられるのでとても気に入っているが、その最後のところで、文学（というか小説）はピュアであっては駄目でノイズが必要なんだ、と語っているのには特に共感を覚えた。それは、まさに「IN」と「OUT」の問題であるが、こういうふうに他のジャンルで見つけた問題をなんとか「文学」のフィールドに持ってこられないかといろいろ工夫してみることともつながるはずである。

そして、そういう危機感を共有し、そのためにムダとも思える工夫を積み重ねていく場所においてはじめて、私には「文学」を学ぶことの意味を語りうるような気がするのである。少なくとも、「実演」だけのところで「文学」を語ってもしようがないし、「現在」の問題は、そこにはないと断言したいと思う。

注1　教養的科目「日本文学入門」（対象は全学年、二〇〇四年度及び二〇〇五年度後期に開講、受講者はともに三十名前後）シラバスの「学生の学習目標」は以下のとおり。「文学」力というものを身につけるために必要なのは「読書」である。この「読書」は、「精読」と「乱読」に分けられる。このうち、教室で教えることができるのは「精読」の方法であり、時間の制約もあるので、取り上げる素材も限定される。しかし、一方で、たくさんの本を読む「乱読」という経験がなければ、広い視野を得ることはむずかしい。その意味で、「乱読」の体験は特に若い時期においては不可欠のものであるのだが、それは諸君の不断の努力に期待するしかない性質のもので、教室での時間をそれにあてることは不可能である。そこで、この授業に出席する諸君に、私は、次のように提言したい。

どんな本でもいいから、毎月五〇〇〇頁読んでみよう。そして、それを1年間続けてみよう、と。

この授業の受講者全員に、この一ヶ月五〇〇〇頁 挑戦乱読日記の提出を義務づけることにするが、以下にその提出方法を記す。

1．対象となる書物

この「一ヶ月五〇〇〇頁 挑戦乱読日記」の対象となるのは、図書のみ。雑誌は含まない。また、他の授業の課題図書として読まねばならない書物等はできるだけ排除してほしい。ただし、推薦図書や書評あるいは読書に関する書物等を参照して選ぶのはかまわない。余暇に、自らの自由な意志で選んだものを対象とするというのが、大原則である。なお、必ず、通読を完了したものについて書くこと。

2．日記に必ず書くべきこと

著者　刊行年月　出版社　書物の入手方法　頁数

3．提出方法

一週間単位の読書記録を、毎回授業開始時に提出すること。次回の授業開始時に、目を通した印とコメントを付して返却する。提出者の学部・学籍番号・名前は必ず書くこと。パソコンによる印字物がもっとも望ましい。なお、一ヶ月経過ごとに、一ヶ月間の読書量を計算して記入しておくこと。

注2　2004年7月5日の特集部分のON AIR LISTは以下のとおりである。

特集の題名と趣旨

「1954年のポップ・シーンとエルヴィス・プレスリー」
——1954年7月5日はエルヴィスが「That's Alright」を吹き込んだ記念すべき日なので、そんな「ロックンロールの誕生日」を祝して——

1. Secret Love　Dorris Day
2. Make Love To Me　Jo Stafford
3. Wanted　Perry Como
4. Little Things Mean A Lot　Kitty Kallen
5. Sh-Boom　Crew-Cuts

（以上は1954年前半に全米ポップ・チャートで1位になった曲）

6. Bimbo　Jim Reeves
7. Slowly　Webb Pierce
8. I Really Don't Want To Know　Eddy Arnold
9. I Don't Hurt Anymore　Hank Snow

（以上は1954年前半に全米カントリー・チャートで1位になった曲）

10. Work With Me, Annie　Hank Ballard & The Midnighters
11. Shake, Rattle And Roll　Joe Turner
12. Honey Love　The Drifters

13. Oh, What A Dream　Ruth Brown

（以上は１９５４年前半に全米R&Bチャートで1位になった曲）

14. Harbor Lights　Elvis Presley

15. I Love You Because　Elvis Presley

16. That's All Right　Elvis Presley

17. Blue Moon Of Kentucky　Elvis Presley

（これが１９５４年7月5日にエルヴィス・プレスリーが録音した曲）

（http://yasuhirock. hp. infoseek. co. jp/index. htm より）

〔『日本文学』55巻3号、２００６年3月〕

好きな落語家

4月から学部の講義でついに落語を取り上げます。これまでも時折、授業の中で落語を聞いてもらうことはあったのですが、落語自体をきちんと取り上げるのははじめての試みです。

好きで買いためてきたカセットテープ・CDがかなりの量に達したということもありますが、ここ数年、東京に出張するたびに寄席に通うように心がけており、そういうのもきっかけのひとつです。

たぶん講義で取り上げるのは亡くなった落語家が中心になると思いますので、ここでは、現存する落語家のうち私の好きな二人について少しだけ書いてみます。

最初に取り上げるのは、古今亭志ん駒師匠。

古今亭志ん生最後の弟子で、もと海上自衛隊員だったというようなことはよく自分の高座でも話題にしますし、最近出た『ヨイショ志ん駒一代』(うなぎ書房)という本にもくわしく書かれていますが、この人の芸風に感心したのは、平成13年1月新宿末広亭で志ん朝を聞いた時です。その年の10月に志ん朝師匠は亡くなったのですから、この日ライブで志ん朝を聞けたということは私の落語体験の中で最も貴重なものといえるのですが(中野翠の『ほぼ地獄。ほぼ天国。』〈毎日新聞社〉によれば、彼女もこの日お客として末広亭にいたらしい)、このとき、トリの志ん朝師匠の直前をつとめたのがこの志ん駒さんでした。寄席用語でいう「膝がわり」という役ですが、これは意外にむずかしいものです。あまり笑わせすぎてしまうとトリの人が大ネタをじっくりマクラからやるという雰囲気でなくなるし、といって持ち時間は持ち時間としてあるわけですから、自分の芸はちゃんと見せなければいけないというような事情から、東京の寄席ではよく曲芸・漫才・紙切りなどのイロモノで気分転換をしてからトリを迎えるという段取りになることが多いのです。この日の末広亭のお客も大半は志ん朝が目当て。そういうなかで、同じ落語家である志ん駒さんがどうやるのかなと見ていたら、軽く地ばなし(肩の凝らない漫談ふうの世間話)をやったあと、「どうせ皆さんのお目当てはこのあとの志ん朝師匠でしょうから」といいつつ、粋な踊りを一つ二つ見せてすっとさがっていったのでした。そのへんの雰囲気は「江戸前」という言葉を髣髴とさせるもので、名人と呼ばれる若旦那の前をつとめる落語家の心意気を見せてもらったように思います。寄席でないと味わえない本当に気持ちのいい高座ぶりでした。そのあとの志ん朝師匠の「二番煎じ」もとても出来がよく、その日は心から満ち足りた思いで帰途についたことを思い出します。

この3月、浅草演芸場に行った時、久しぶりで志ん駒さんをみましたが、あいかわらず威勢がよくて歯切れのいい調子でした。いわゆる名人・上手という落語家ではないでしょうけれど、得難い雰囲気を持った東京らしい落語家の一人なので、いつまでも元気で活躍してほしいと思います。

もうひとりは、ここ三回ほど続けて聞きに行った柳家権太楼師匠。目下、追っかけをやっています、といっていい状態ですね。

十年以上まえ、NHKラジオの土曜日午後の番組で、広瀬久美子アナ（知る人ぞ知るNHKの名物アナ。金沢弁でいう「きかん」女性の代表ですが、インタビューなどでの事前の情報収集はしっかりしており、ツボにはまった質問をしていました。

小説家に「どんな小説を書いているんですか?」などと聞いたりする民放局のアナウンサーとはだいぶレベルが違います）の相手役をつとめ、しょっちゅう彼女にいじめられていました。

そのときから、いい人だなとは思っていたのですが、去年の11月に池袋演芸場で聞いた「芝浜」には完全に打ちのめされてしまいました。完全に一皮むけた、という感じです。いうまでもなく「芝浜」といえば先代桂三木助（数年前自殺した三木助の父親）が十八番にしていた代表的な人情噺で、落語ファンなら誰でも知っている噺です。そういう大ネタを、偶然に入った寄席で聞けたということだけでも感激ものですが、それが完全に権太楼のものになっていたのに心から感心したのです。いまだから告白しますが、夢だとだましたカミさんが事情をうち明けて亭主にあやまるくだりで私は少し泣いてしまったのであります。

そのあと、2月には、同じ池袋演芸場で「佃祭」を聞くことができました。これも、先代金馬、志ん生・志ん朝親子など名演がたくさんあるネタですが（私は志ん朝の兄の馬生のが、地味ながらしみじみした味わいがあって好きです）、ただこの噺の落ちはちょっとわかりにくい。だから、たいていはマクラでそのあたりのことを説明しておくのですが、権太楼さんはそれを採用せず、笑いをとるお葬式の場面で与太郎をうまくつかって泣かせたあと、手際よくサゲに持っていっていました。このあたりの処理のしかたもまことに納得のいくもので、これもまたみごとに権太楼版「佃祭」になっており、とても感心しました。

志ん朝なきあと、もう、寄席でライブを見る楽しみはなくなったかな、と思いつつあったところなので、いまは、権太楼さんがどこまで伸びていくか、機会あるごとにおっかけていきたいなと思いつつ、東京出張の機会を楽しみにしている今日この頃です。

〔『木馬』48号、2003年3月〕

「泣いた赤鬼」に泣いた話

23歳、大学院一年の時に結婚して、二年後の25歳、修士論文を書いている最中の12月に子供が生まれる―それも双子であった―などという、いま考えても無謀の極みのような20代の頃の話である。

27歳の時になんとか大学に職を得たものの、経済的には全く恵まれなかった若い父親としては、子供たちに何をしてやることができるだろうかと真剣に悩まなければならなかった。そして、結局、自分は日本文学の先生なのだからできることはこれしかないと思いきわめ、毎晩、子供たちが床に入ってから寝る前に、必ず絵本を読んでやることにしたのである。

これは、口で言うのは簡単だが、実はそんなに楽なことではない。特に、子供が小さいあいだは、子供の起きている時間、家ではまともに仕事ができないもので、彼らが床に入ったときにやっと自分の机に向かうことができるのである（そうですよね、高山先生）。論文などを抱えているときは、その時間は1分でも惜しい気のするものなのだが、そういう時間を削って子供の相手をして絵本を読むことにしていたのである。

絵本は近くの図書館で借りてくることが多かったが、時折は買い込んだものもあり、それらはいまもわが家の大切な蔵書の一部を形成している。また、二人の息子がそれぞれに選んだ本二冊を必ず読むわけだから、普通の親の二倍は絵本を読んでいたことになる（?）ので、その当時の私はかなりの絵本通であったと思う。

そういうなかで、あるとき浜田廣介の「泣いた赤鬼」の絵本を読んだことがあった。この話は、私の小学生時代、一つ上の学年が学芸会で上演し、満場を涙の海にした演目であった。そういうこともあって、子供たちが選んだのではなく、私の趣味で選ばせた絵本だったと思う。

知っている人も多いと思うが、念のためにその話を要約してみれば……

ある村のはずれに、人間と仲良くなりたい赤鬼が住んでいた。自宅の前に、

「心のやさしい鬼です。どなたでもおいで下さい。おいしいお菓子もございます。
お茶もわかしてございます。　赤鬼」

という看板を掲げておくのだが、村人は鬼の姿をこわがってなかなか訪ねてきてくれない。

そんな赤鬼のところに仲間の青鬼が訪ねてくる。そして、赤鬼の悩みを聞いた青鬼は、「名案がある」といって、赤鬼を伴なって村に出かけ、村人の家であばれまわる。赤鬼はそれをつかまえてぽかぽかなぐりつける役割なのだが、青鬼は「そんななぐり方をしていては、村人に疑われる」といってさらにはげしく殴らせる。やがて、柱に頭をぶつけながら青鬼は逃げ出し、そのあと、この赤鬼は村人の信頼を得ることができて、仲良くすることができるようになったのである。

しかし、赤鬼は、自分のために殴られてくれた青鬼のことを時折思い出して心を痛めていたが、あるとき、思い立って山奥の彼の家を訪ねてみると、青鬼はおらず、戸口の前に赤鬼あての手紙が貼り付けてあった……。

というあたりまで、子供たちとふとんに寝っころがりながらいっしょに絵本をひろげて読んでいくうちに、だんだんつらくなってきた。とうとう最後の青鬼の手紙のあたりで、涙が出てきて、私は読めなくなってしまった。いま、この要約を書いていても少々あやしくなってきているありさまである。

「もうだめ、これはここでおしまい」

と急にやめたものだから、子供たちは変な顔をしていたと思う。涙を出しているのに気がついたかどうかはよくわからない。


そのあとしばらくして、お正月に高校時代の恩師の家に集まった折り、このときのことを話題にしたら、集まった同級生から、そんなことで涙を流すなんて、と結構笑いものになってしまい、少々恥ずかしい思いをした。

ただ、その年の暑中見舞いの葉書のなかで先生が、「正月のときのお前の話はいい話だったたな」ということが書いてあったので、ちょっと感激した。先生は我々の話を笑いながら聞いていただけだったのだが、わかってくれていたのだなあと、とてもうれしかったのである。

「泣いた赤鬼」を読んでやった息子に、もうすぐ子供が生まれる。私にとってはじめての孫である。他には何の注文もないが、私がしたように、絵本をたくさん読んでやり、本の好きな子に育ててほしいとだけは切に思う。

〔『木馬』49号、2004年3月〕

本についてのむだばなし（抄）

椎名誠をまとめて紹介してしまおう

今回は「本の雑誌」の編集長椎名誠サンについて話すことにします。何はともあれ手もとにある本の題名を刊行順に並べてみます。

1、さらば国分寺書店のオババ（S54・11）
2、わしらは怪しい探険隊（S55・3、北宋社、のち角川文庫）
3、気分はだぼだぼソース（S55・8）
4、もだえ苦しむ活字中毒者地獄の味噌蔵（S56・4、本の雑誌社）
5、哀愁の町に霧が降るのだ（上）（S56・10）同（中）（S57・2）同（下）（S57・11）
6、場外乱闘はこれからだ（S57・6、文芸春秋）
7、地球どこでも不思議旅（S57・11、小学館）

8、男たちの真剣おもしろ話〈対談集〉（S58・2、実業之日本社）
9、いまこの人が好きだ！（S58・3、新潮社）
10、風にころがる映画もあった（S58・4）

（出版社名のないのはすべて情報センター出版局刊。なお、この他に二冊ほど小説集があるはずですが、エッセイにくらべるとあまりおもしろくないようなので持っていません）

こうしてみますとここ一、二年の間にばーっと売れ始めた人だというのがわかると思います。それと、こうした本の題名を書き抜きながら、前にこのうちの何冊かを電話で注文した時すごく恥ずかしかったのを思い出しました。わが家の坊主達もおもしろがって「気分はだぼだぼソース」とか「かつおぶしの時代なのだ」とか叫んでいました。文章の方もいわゆる昭和軽薄体というやつで、「しばらくして必要は発明の母をたずねて三千里的にわかってしまったのであるが『本の雑誌』の実力に対して、この納入部数はあきらかに需要と供給が消費者米価的にアンバランスであり、これでは仕事に自信がもてないアデランスなのであった」という具合。しかし、こういう一見してふざけた外見にもかかわらず内容はきわめてまじめであり、まともなのです。というより、まじめなこと、まともなことを正面きって言うことのてれくささを知る人間があみ出した文体といっていいかもしれません。鶴見俊輔によれば彼の文章は情報量がきわめて少ない（さきの引用文では傍点部のみに意味があるわけです）ところに特徴があるそうですが、こんなふうに右に寄り道し、左に寄り道しつつ展開していくこの軽薄な文章が、論理的で重々しい論文よりもかえってはるかに説得力を持ってしまうのですから、文章というものは考えてみれば不思議なものです。最近はこの椎名誠風文体が栗本慎一郎から林真理子にまで蔓延していますが、やはり元祖の方が一枚も二枚も上のようです。

さて、私の好みによる〝輝け！　椎名誠スーパーエッセイ・ベストスリー〟（こういう言い方も椎名誠ふうですが）を選ぶとすると、第一位『哀愁の町に霧が降るのだ』（上・中・下）第二位『もだえ苦しむ活字中毒者地獄の味噌蔵』第三位『わしらは怪しい探険隊』となるでしょう。特に第一位の『哀愁の……』は吉本隆明が「自殺を禁じられた太宰治」とスルドク批評した私小説エッセイで、そのおもしろさは絶対に保証しますよ。

〔『灯火』31号、1984・1・10〕

次郎物語を読んだ頃

このところ心身ともに不調で、新しい本を開拓していく意欲もわかないまま、いささか後向きの気分で、昔読んだ本を何冊かひっぱり出して読んでみたりしました。そうやってほとんど20年ぶりくらいで読み直したのが下村湖人著『次郎物語』全五冊です。中学二年の時はじめて読んで——といっても幼年時代を扱う第一部は小学校の時に子供向けの版ですでに読んではいましたが——以来、高校のはじめ頃まで、この大部な小説を何度読んだことでしょう。そうして、主人公の次郎と彼をとりまく人々の世界にその頃私は本気であこがれたのです。残念ながら自分の父親は次郎の父親ほど立派ではないようだ、しかし、いつか自分も浅倉先生のようなすばらしい先生に出会えるかもしれない、などと考え、「白鳥蘆花に入る」とか「無計画の計画」などという作中の語句を机のわきに貼ったりしたものです。むろん、そうはいっても、ふだんの教室では相変わらず皆の先頭に立って騒ぎまわる明るい少年（?）だったのですが、しかし、本当の自分はもう少し別のところにあるのだという自覚も生まれていたのです。少年期から青年期に移行する時期、もっと簡単にいえば、自分のなかにある「暗さ」を意識しはじめた時期であったのでしょう。そういう時期にあった私にとって、この『次郎物語』という本は本当にぴったりと合っていたのです。そして、付け加えておけば、この時に買った文庫本五冊が私の蔵書第一号なのです。少し興奮しながら本屋で買ってきて、リンゴ箱に紙を貼って作った専用の本棚に並べていい気分になっていたことを思い出します。

しかし、かつて自分がそんなにも熱中した書物を何十年もたって改めて読み返してみるというのはちょっとこわい感じのするものです。読み直してみてつまらなかったりするとせっかくの想い出に傷がつくような気分になるからです。この『次郎物語』についても、今読めば、下村湖人一流の教育者的クサみが鼻について耐えられないんじゃないかなと漠然と予想していました。ですから、あんまり期待しないでなんとなく読んでみようか、という感じで読み始めたのですが、いざ読みはじめてみると、どうしてどうして、自分でも意外なくらいにおもしろく、二、三日で五冊分を読みあげてしまったのです。そりゃあ、たしかに第二部以降になると作者があれこれ次郎の精神状況について註釈めいたことを語りはじめ、少々小うるさく感じます。また、次郎の父親や浅倉先生などは理想化されすぎているともいえましょう。が、そういう欠点はあるにしても、戦前の多感な旧制中学生の精神状況がきわめて生き生きと描き出されていることは疑いを入れません。この点に関する限り、下村湖人の小説家としての力量はかなりのものであると断定していいと思います。

まあ、そんなややこしいことはぬきにしても、20年前熱中した本が今でもけっこう本気になって読めるということを確認して、私自身はやや安心した次第なのです。

〔『灯火』34号、1984・7・14〕

最近読んだ本から

まずは、糸井重里の対談集『話せばわかるか』（角川文庫）からいきましょうか。この本は何よりも対談相手がバラエティに富んでいます。栗本慎一郎、村松友視、ビートたけし、井上陽水、タモリ、江川卓、坂田明、矢野顕子、高橋留美子、谷岡ヤスジ、野坂昭如、村上春樹、川崎徹、三浦雅士の計十四人。で、この人達の略歴を見てびっくりしたのは、ビートたけしも井上陽水も村上春樹も川崎徹もそれから糸井重里本人もみんな昭和23年（24年の早生まれを含む）生まれなのですね。つまり、この私めと同い年だというわけです。あと三浦雅士が二つ上、タモリ、坂田明が三つ上で、だいたいこのくらいが戦後のベビーブーム世代に属します。我々の世代にはなかなかのメンバーが揃っているな、とつくづく感心したのですが、この顔ぶれを見ていると、つい吉本隆明の『マス・イメージ論』（福武書店）がダブってくる。非常にムツかしく書いてあるけれど、要するにこの本は、いまあげた人達の様々の分野での仕事を論じることによって日本の文化の「現在」をさぐろうという試みをやっているわけなんです。ということは、逆にいえば、我々の世代が日本文化の最先端にいるというわけですね。ウーン。ま、それはともかく、この本でいちばんおもしろかったのは村上春樹との対談で、たぶん一番話がかみあっていない方になるのでしょうけれど、それはどうも68〜69年といわゆる大学紛争をどう受けとめたかということに帰着するらしい。軽い言葉で語られているけれどその内容は相当に重いものです。

二冊目は関川夏央という人のスポーツノンフィクション『海峡を越えたホームラン』（双葉社）。とりあげているのは、韓国のプロ野球に参加した元広島の福士（張明夫）や元日ハムの宇田（朱東植）らの話。韓国人の血を引いているというだけで韓国のプロ野球選手となった彼らが、日本との経済的・文化的ギャップの大きさのために非常に苦労している様子を読んでいると、我々は本当に韓国について何も知らないんだ、ということがよくわかる。それに、在日韓国人の立場についても、政治的な問題をヌキにして書いてあるからその微妙なところもいくらか理解できたような気がします。沢木耕太郎、山際淳司につづく新しいライターの登場で、今後が楽しみな人です。

三冊目はめずらしく外国の小説です。F・フォーサイスの短篇集『帝王』(角川文庫)。この人の小説は『ジャッカルの日』にしろ『オデッサ・ファイル』にしろ『悪魔の選択』(いずれも角川文庫)にしろ、実に読みがいのある長篇ばかりですが、短篇がこんなにうまいとはオドロキです。「アイルランドに蛇はいない」なんていうのは、実にうまくできていて、唖然とするばかりです。ただ、あまりうますぎると——向田邦子のエッセイにもそんな感じがあるのですが——かえって読者を疲れさせるような気がします。もう一度読んでみたいという気にはあんまりなれませんから、そのへんが唯一の欠点ですね。

〔『灯火』38号、1985・11・11〕

久しぶりに純文学長篇を読んでしまった!

この夏、本当に久しぶりに純文学長篇小説なるものを二冊も読んでしまいました。

三浦哲郎『白夜を旅する人々』と村上春樹『世界の終りとハードボイルド・ワンダーランド』（いずれも新潮社刊）の二冊です。前者は文芸誌に連載され、後者は書き下ろしですが、それ以上に両者は極めて対照的な性格をもっているようです。

三浦哲郎の方は、芥川賞受賞作「忍ぶ川」の前史ともいうべき作品で、作者の誕生から6才までの時期を扱っています。で、作者の二人の兄と三人の姉のうち、長姉と三番目の姉が白子＝先天性色素欠乏症であるという事実が、この作品の登場人物全てを支配しています。そのために、将来に絶望した次姉れんは女学校卒業間近の、作者6才の誕生日に、青函連絡船から投身自殺してしまいます。その直後、恋愛問題につまづいた長兄も失踪、その後を追うように、琴の師匠として身を立てていた長姉も服毒自殺を遂げてしまうのです（この作品はここで終わっていますが、作者の年譜をたどると、次兄もまた作者が大学に入った翌年にやはり失踪しているのです）。この作品は全て、作者の体験に基づいているわけで、こうした背景を知ってみると、「忍ぶ川」の主人公が結婚（＝子孫を残す）をあんなにもためらった理由がよくわかるように思います。そういう意味では、この作品は、わが国の近代文学の伝統に忠実にのっとって書かれた極めて純文学的な作品であるといえます。お望みならば、さらに10枚や20枚の解説を試みることも可能です。

しかし、村上春樹の場合はそう簡単にはいかない。第一、この作品を純文学とよんでいいかどうかも問題です。かいつまんでいうと、この作品は、「世界の終り」と「ハードボイルド・ワンダーランド」という一見無関係な二つの物語が交互に進行しながら、最終的には、一つの統一的な世界を形成するという構造になっているわけですが、ほとんど荒唐無稽というしかない二つの物語を最後まで破綻なく書き切った作者の力量は相当のものです。ただ、ここにある過剰なほどの物語性や、一角獣の頭骨に代表される独特のイメージは、これまでの純文学の延長上にあるとは、とても思われない。SFやアメリカの現代小説によるところが非常に大きいようで、そのため、いわゆる文学愛好家よりも、日頃、純文学とは無縁な若い人々に、より多く受け容れられたのだと思います。それだけに、三浦哲郎の場合とは異なり、この作品のもっている様々の非現実的なイメージをまともに論じていくことはとてもむずかしいことのように思われるのです。そこがこの作品の新しさだろうし、とりあえずは、その軽やかな文体に酔っていればいいのだとは思うものの、果してこの作品が、わが国の文学伝統の中でどんな位置を占めるのだろうかなどと、少々理屈っぽいことも考えてみたくなるのです。

〔『灯火』40号、1985・11・11〕

さようなら、西武司先生

この5月3日、私の高校時代の恩師である西武司先生が亡くなられました。こう書くだけで、今の私には身も心も萎えていく思いなのですが、まだ47歳とお若かった先生御自身がどんなにか無念であったろうと思うだけでもとめどなく涙があふれてきます。いまの私には先生のことしか考えられません。で、いささか個人的にすぎるけれど、先生との本や文学にまつわる想い出を書くことで今回の連載の責を果たすことにしたいと思います。

先生について語るには、なによりもまずその授業、特に現代国語の授業がどんなに魅力的であったかを書かないわけにはいきません。考えてみれば、私が先生に教わった高二・高三の頃は、先生もまだ二十代だったはずです。でも、先生はあんなにも熱心に文学を語り、人生を語ってくださった。友情や恋愛やその他もろもろについて真正面から向かい合うことの大切さを語って倦むことがなかったのです。そのいちいちの内容をここにうまく書けないことを残念に思いますが、私はその授業を通して、文学の本質に触れ、先生と同じ国文学の道に進みたいと思ったのです。だから、先生は、いま私がこうして国文学の道を歩むことになる直接のきっかけを作ってくださった方なのです。

それと同時に、先生が担任であった高二のクラスは今考えても家族的で暖かい、とても素晴らしいクラスでした。前年の東京オリンピックの関係だろうと思うのですが、私達の修学旅行は3月の末、クラス全員が充分に気心の知れた間柄となった頃に行われました。それだけに楽しい想い出がいっぱいあるのですが、私個人に限っても、有名な木越君失恋事件の当事者となり、相手の女の子ともどもクラス全員の前でそのいきさつが明らかにされてしまうという恥ずかしくもほほえましい出来事がおこり、その意味でも忘れられない旅行でありました。しかし、先生はその時も落ち込んでいる私に、人を愛するということが人間にとってどんなに大切なことであるか、一度や二度の失恋を恐れてはならぬと心をこめて語ってくれたのです。あるいは、その言葉は間もなく結婚される予定であった先生御自身に言いきかせる言葉であったのかもしれません。昨年の夏もこの二年のクラスの同窓会をしたばかりで、この事件も恰好の酒のさかなになったのでしたが……。

私が本当に文学、それも国文学をやりたいと思い始めたのは三年になってからですが、そういう人間が受験勉強だけに専念できるはずもなく、しかし、自分の希望を実現するためには経なければならぬ試練でありそこから逃げてはいけないとも考えたりして落ち込むことの多かった私は、そのたびに新婚早々の先生のアパートにおじゃましたものです。先生にとっては随分と迷惑なことであったに違いないのに、奥様ともどもいつも喜んで迎えていただき、私にはとても救いになったのでした。そして、帰るときは必ず、先生のたくさんの蔵書のなかから何冊かをお借りしていったものでした。しかし、それらの書物はもうすでにありません。三年前に火事に遭われて蔵書のほとんどを失ってしまわれたからです。あるいは、この火事も先生の命を縮める原因のひとつであったのかもしれません。御見舞にうかがった折り、まだ片付けの終わっていない焼け跡で、その昔お借りした芥川龍之介全集や日本文壇史が黒焦げになっているのを見つけたときはひどく悲しい気がしたものです。が、しかし、本ならば焼けても買いなおすことはできる。しかし、先生はもう私達の前にはあらわれることはないのだと思うと、先生とともに過ごした日々が改めて鮮烈な思い出としてよみがえってくるのです。

先生、ほんとうに、さようなら。

〔『灯火』43号、1986・5・31〕

ところで、歌謡曲は元気かな

わが家では、車で出かけるとき、三種類の音楽がカー・ステレオから流れます。ひとつは、娘の「みんなのうた」、シブがき隊の「スシ食いねェ」がこの番組出身であることは御存知の方も多いでしょう。私も小さい頃からよく見た番組で、親子二代の筋金入りのファンであります。その次が、息子達の好きなナウいアイドル・ポップス、C-C-Bや中森明菜などがお気に入りのようですが、これと、親の好みでかける少し前の歌謡曲やニュー・ミュージックを聞き比べていると、どうしてもいまの歌謡曲はサウンド優先で、その分歌詞の力が弱くなっていると思わざるをえない。たとえば、中森明菜の「ミ・アモーレ」、これを作曲した松岡直也は、わが国のラテン・フュージョン界の第一人者で、だから当然といえば当然なのでしょうが、自分のバンドで純然たるインストゥルメンタルの曲としてこの曲を演奏しても全く違和感がない。じつにいい曲だと私も思います。しかし、それじゃ、この歌詞ちゃんと言えますか？　大体どんな内容の歌か聞いただけでわかりますか？　子供達もよくわかっていなかったらしく、年末に買った歌謡曲全集を見てはじめて、これがリオのカーニバルの歌であることを知ったらしい。これは中森明菜の歌い方にも問題があるのでしょうが、同じ曲が歌詞とアレンジを変えて「赤い鳥逃げた」という12インチシングルとして発売されていることをみれば、完全に曲が先行していて、歌詞は付録のような扱いを受けているといわざるをえない。

こんなことを考えたのも、この間阿久悠と和田誠の対談『A面B面』(文芸春秋)を読んだばかりで、ピンク・レディから石川さゆり・八代亜紀に至るこの作詞家の幅の広さに脱帽すると同時に、それらがいまなお新鮮さを失っていないことに改めて感心したからなのです。出世作「ざんげの値打ちもない」のもつストーリー性は歌手北原ミレイの印象とあいまってまことに強烈なものでしたし、一連のピンク・レディものにおける非歌謡曲的テーマ(サウスポー・UFOなどなど)への挑戦、レコーディングのとき歌手が泣き出して困ったという「思秋期」(女性ではこの歌を歌った岩崎宏美、男性では沢田研二が阿久悠にとって、いろんな冒険のできる歌手だったそうです)、あるいは石川さゆり・八代亜紀・都はるみらの歌った演歌の歌詞を見ても、いまのカラオケ用として作られる演歌にはないインパクトがありました。少なくとも、これらが、中森明菜のようにその歌詞を抜きにして（あるいは別の詞をつけて）成立するとはとても思えない。

同様のことは、阿久悠が唯一歌詞を提供しなかったという山口百恵の歌にもあてはまるので、そのへんのことは、阿木燿子『プレイバックPARTⅢ』（新潮文庫）をみてもらえばいい。あるいは、沢大耕太郎の近著『馬車は走る』（文芸春秋）に出ている小椋佳の作詞作法についても同じことがあてはまるはずです。また、歴史的なことをいうなら、「サッちゃん」の作者阪田寛夫の『童謡でてこい』（河出書房新社）には、日本の童謡における歌詞の位置づけということが具体的にわかりやすく説かれています。こういう遺産を今の歌謡曲はもう少しふりかえった方がいいのではないですか？　松本隆さん、秋元康さん、売野雅勇さん！

〔『灯火』44号、1986・7・15〕

いまどきの高校生に贈る本

以下に掲げるのは、二年前、親しい友人の息子さんが高校に入学した時、お祝いとして贈った本のリストとそれに付したコメントである。お祝いの本の予算は約5000円。近くの本屋さんに出かけ、その文庫本の棚に並んでいるなかから選んだものである。

選んだ本のリスト

沢木耕太郎著『深夜特急』（新潮文庫、六冊）
椎名　誠　著『岳物語　正・続』（集英社文庫、二冊）
吉野源三郎著『君たちはどう生きるか』（岩波文庫）
金田一春彦著『日本語・新版』（岩波新書）

＊　　＊　　＊

○○君、入学おめでとう。

入学のお祝いになにがいいか、いろいろ考えた結果、本を差し上げることにしました。普通はお祝いの金額相当分の図書券をあげて、好きな本を選んでください、といってすますところだと思いますが、それではあまりにも芸がないので、この際、私の独断で選んだいまどきの高校生に絶対に読んでいただきたい本をお贈りすることにした次第です。

一番心配なのは、もうすでに読んでしまった本があるのではないか、ということなのですが、もしそうだったら、自分の読書傾向に自信をもっていいということですから、威張って友達（または好きな女の子）にあげてください。

以下、選んだ本について、若干のコメントを付しておきます。

沢木耕太郎の『深夜特急』は、例の猿岩石の旅行のモデルになった本だということでいままた話題になることの多い本ですが、単行本（三冊です。文庫本はそれをそれぞれさらに二冊ずつにわけて六冊にしてあるようです）は、第一便・第二便が

1986年5月に一緒に出たあと、第三便が出るまで六年半かかりました。ですから、1992年10月に第三便が出たときは、もういちど最初から読み直したのを覚えています。

この文庫版ではいっぺんに読めるわけですし、これだけについている著者と井上陽水との対話（これを読むためだけに、よほど自分用にも買おうかと思ったのですが、本があふれかえっている書庫のことを思い出し、立ち読みですませました）もおすすめです。

この人の端正な文章は私達の世代の手になる散文の典型というべきもので、もし私が現代文の教科書を編集するとしたら絶対に入れようと思う一人です。気に入ったら、他の作品も読んでみてください。この人のはハズレがありませんから、どれを選んでも大丈夫です。

椎名誠の『岳物語　正・続』も、もしかしたら読んでいるかな、と思いつつ選んだものです。いまは教科書などにも採録されているそうですから……。彼のことを、私の尊敬する思想家吉本隆明は「自殺することを禁じられた肉体派の太宰治」と評しましたが、いまは、中・高校生あたりの読書のスタンダードになっているのではないかと思います。この人の小説では私小説的なものが圧倒的に優れており、『アド・バード』などに代表されるSF系の作品は、私はあまり買いません。文庫にはなっていないようですが、『哀愁の町に霧が降るのだ』（以下、『新橋烏森口青春篇』『銀座のカラス』等へと続く）などもオススメです。沢木耕太郎的な端正さはありませんが、別の意味ですばらしい文章家です。

吉野源三郎の『君たちはどう生きるか』は、このなかでは一番古い本ですが、「倫理」の失われた現代だからこそ、若い人にはぜひ読んでいただきたい本です。「倫理」とか「哲学」がまだその実体をしっかりと持っていた時代だからこそ書き得た書物だと思います。高校生のために書かれたものですから、むずかしい言葉で書かれているわけではありませんが、書かれている内容はきわめて高度なもので、大学の「倫理学」のテキストにも使えるレベルのものだと思います。

金田一春彦『日本語』は、新版とありますが、私は旧版をたしか高校生のときに面白く読んだ記憶があるので選びました。日本という国を好きになれ、といまの若い人にいう勇気は私にもないのですが、日本語を好きになってほしい、ということは切に思います。そして、この本は、日本語を客観的にみながらも、それへの愛情にあふれた本だと思います。

いまの高校生は、勉強に忙がしいので、なかなか読書などしていられないかもしれませんが、たっぷり時間のあるときはかえって本というものは読めないものですし、授業の合間や通学の電車・バスの中など、探せば意外に時間はあるものです。本を読む楽しみを知ると、他人から「暗い」などと言われたりするかもしれませんが、「暗さ」を知らない高校生なんて私は信じません。自分のなかにある「暗さ」とどう折合いをつけて明るい顔で生きていくか、と考えるところから、大人への第一歩がはじまるのです。

三年後に無事大学生になれたら、この倍の本を贈るつもりでいますので、それまで、元気でがんばってください。

〔『木馬』44号、1999年3月〕

*　　*　　*

《2008年の追記》

この本を贈った高校生は、その後無事大学を卒業して、いまは、先生をしているそうです。

『北國新聞』コラム「潮間帯」

江藤淳と大江健三郎

この2月に出た小谷野敦の新著『江藤淳と大江健三郎――戦後日本の政治と文学』（筑摩書房）を読み終えた。戦後のある時期、新世代の旗手として並び称され、その後、文学的・政治的に対立関係にあった二人について、調べ魔小谷野敦が、かなり意地の悪い視点から、文学活動のみならず私生活や社会活動・政治活動に至るまでを並列的に記述した対照的評伝である。

これを読むと1980年代以降の二人がいろんな意味で苦労しているのがよくわかる。それは「文学」が文化現象の第一線から後退していく時期と重なっているわけだが、江藤の方は保守論客としての活動や明治の政治家たちを論ずることが多くなり、大江の方も、「奇妙な仕事」から「万延元年のフットボール」にみられたような精彩を欠くようになっている。

とはいえ、小谷野は「キルプの軍団」（1988年）以後の大江作品を高く評価するのに対し、江藤に関しては、以後も現世的名誉を求めるだけであまり実りある仕事をしていない、ときびしく断じている。当然の評価だが、それは、批評家と小説家という違いだけに起因するわけではないだろう。というのは、江藤と同じ時期にやはり評論家として活躍した吉本隆明に関しては、いまなお全集や関連著作の刊行が相次いでいるからだ。

小谷野は「一族再会」等にみられる江藤の出自へのこだわりを執拗に論じているが、なお語られていないものがあるという感じが残る。そこを解明することが彼を理解するためのポイントになるにちがいない。

かつて江藤は大江に対し「本当のこと」を語る身振りばかりで、「本当のこと」はなにも語っていないときびしく批判したことがあるが、その批判は、江藤自身にこそ向けられるべきだったと思われてならない。

〔「潮間帯」2015・6・1〕

山口瞳の文章の芸

『KAWADE夢ムック山口瞳』2014新装版に再録された小文「魯山人の醤油注ぎ」を読んで、あらためて山口瞳の文章の芸にうなってしまった。

戦後のある時期山口家では皿小鉢からご飯茶碗のすべてが北大路魯山人のものだったという話からこの文章は始まる。彼の父親の羽振りがよかった時期に魯山人の一窯を全部買いあげて使っていたためで、ただ、山口瞳自身はこの頃魯山人をそんなに好きではなかったという。中国陶磁などのかっちりしたものや職人ふうのものが好みだったからで、それでも長年使っているうちにそのよさがわかるようになったと書いたうえで、しかし、その魯山人の陶器はほとんど毀れてしまい、わずかに醤油注ぎが残っているくらいであると述べる。大部分は山口瞳の奥方が壊してしまったのだが、姑である彼の母親は台所でいちばん働いている人だからと彼女を叱ることはなく、「あらまた北大路さんが……」と言うだけだった。だから奥方はこの家の親戚に焼き物を作る「キタ叔父さん」という人がいるのだと思いこんでいた、というのがこのエッセイのオチである。

どうです。うまいものでしょう。こういう文章を書かせるとやはり山口瞳という人は名人であると舌を巻いてしまう。

山口瞳が亡くなってもう20年になる。女性でこの方面の横綱はなんといっても向田邦子であろうが、彼女が飛行機事故で亡くなったのは34年前。ジャンルはちょっと違うが、ナンシー関は2002年没だから13年になる。これらの人の文章が読めるというだけで週刊誌を選んでいた時代がなつかしい。今年のお盆は、これらの人々の本を取り出して読み返しながら過ごすことにしよう。

〔「潮間帯」2015・8・3〕

吉本さんから学んだ二つのこと

2008年3月、映画「実録・連合赤軍　あさま山荘への道程」を大阪でみる機会があった。私の住んでいる金沢にもシネコンと称する映画館はいくつかあるが、それらの劇場で公開される種類の映画ではないことはわかっていたし、ひとつだけあるミニシアター系の映画館でいつ公開されるかはまったく不明だったからである（結局数ヶ月遅れでこの劇場でも公開されたのだが）。開始予定時刻には満席になっていて、さすがに大都会だと感心したりする余裕のあったのは最初の数分で、以後、約三時間、自身の三十数年前のことを思い出しながら、ときにはそのリアルな再現ぶりに顔をそむけたくなるような思いをしながら、しかし、ほとんど退屈することもなく見終わった。

以下に書くのは、この映画に関する批評ではなく、それに触発された個人的な感想に過ぎないことをお断りしておくが、私の経験からすれば、あさま山荘で戦い逮捕される1972年2月28日まで、彼らは確実に「革命の英雄」であった。映画の方は、ほぼ時系列に沿って彼らの活動を追っているので、あさま山荘で銃撃戦を展開している彼らの手はすでに多くの仲間の血で汚れていることをあらかじめ観客は知らされたうえで銃撃戦を見ることになるが、それは三十数年前のこの日我々が彼らを見ていた眼とは異なる。それが可能になるのは、逮捕され取り調べが始まってからかなり後のことでなければならない。そのあたりのことは、時間がたつと見えにくくなってくるものだから、私自身のためにもきちんと書き留めておきたい気がする。

ところで、この1972年2月28日のこの日、私は何をしていただろうか。夕方近くまで、せまい下宿の部屋でテレビを見ていたはずだが（ご承知のようにこの日すべてのテレビ局はこの事件の中継を映し出していた）、夕刻前に出かけたはずである。一月あとに上京してくる予定の現在の妻のために職探しを依頼していた先生と会う約束になっていたからで、たぶん、約束の場所に向かう途中、駅の新聞売場で彼らが逮捕されたことを知ったのではないかと思う。

そのときの私は、のちに井上陽水が「傘がない」で言葉にした、あの主人公のような状況であったにちがいない。

テレビでは我が国の将来の問題を
誰かが深刻な顔をしてしゃべってる
だけども問題は今日の雨　傘がない
行かなくちゃ　君に逢いに行かなくちゃ
君の家に行かなくちゃ　雨にぬれ

（2コーラス目　以下略）

気どって言えば、1972年2月28日、彼らは「革命」をやっていたが、同じとき、私は「恋愛」をしていた、ということになる。そんなに大げさな思いでいたわけではさらさらないが、しかし、そのときもいまも、こう書くことになんのためらいも感じないでいられること、この日の自分の行為になんの負債も感じないでいられるというそのことが、私が吉本さんを読むことを通して学んだもっとも大きなことであると思っている。

＊　＊　＊

大学教師になって数年目の頃、大学祭で学生たちがディスコを企画し、それに多くの学生たちが集まり、夜遅くまで続いたために近隣の住民から苦情が出るということがあった。それで、翌年、関係教員が手分けして、30分おきくらいに、早く終わるよう説得に行くことになった。とはいえ、盛り上がっている最中にやめろと言われても簡単にやめられるものではなく、最初の一、二回は「わかりました」とおとなしくしていた学生たちも、三回目になると「あんた方は、なんのつもりでこうして見回りに来るのだ」「年に一度のお祭りに、少し羽目を外して騒ぐことを大目に見てくれと近所の人にお願いすることくらいしてくれてもいいじゃないか」と反論してきた。そして、そのとき私は、彼らの言い分の方がはるかにまともであると思わざるをえなかった。吉本さんの「思想的弁護論」を読んだことのある自分が、そこできびしく批判されている、デモを道路交通法で取り締まる警官（及びそれを指示する側）と同じ立場にいることを痛感させられたのである。翌日、緊急に委員会を召集し、こういうことは来年以降したくないし、やるべきではない、と強硬に主張したとき、吉本さんの名前こそ出さなかったが、デモを道路交通法で取り締まる側に荷担したくない、という論理で同僚を説得したことだけはよく覚えている。これが、吉本さんから私が学んだ二つ目のことである。

吉本さんの書物を、いちばん切実な思いで読んでいたのは、東京で一人暮しをしていた時期である。心が萎えそうになったとき、若き日の論争文のいくつか―『芸術的抵抗と挫折』に収められていた「前世代の詩人たち」や、『異端と正系』での花田清輝との応酬など―を読むことでずいぶんと力づけられた。スポーツの苦手な私であるが、これらの文章を読んだあとには、スポーツのあとと同じような爽快感、後味のよさがあった。

＊　＊　＊

そんなこともあって、吉本さんの講演をぜひ一度聴いてみたいと思い、大東急記念文庫で開かれた「近松論」（1974年12月）の講演会に出かけたことがある。吉本さんの講演の様子は、いまならば、CDやビデオ等でいくらも知りうるわけだが、予想以上にとつとつとした話しぶりで、考え考えしながら自分を納得させるようなその話し方と、講演集の文章の調子とのちがいに、正直びっくりしたことを鮮明に覚えている。吉本さんは、どれかの講演集のあとがきに「自分はこのようにいつもきちんと話しているわけでない」と書いていたはずだが、それが吉本さんの本音だということがよくわかる、得がたい体験であった。

〔『猫々だより』78号、2008年12月〕

私たちは、本を「自炊」できるだろうか？

年末に、近くの図書館で経済関係の雑誌をめくっていたとき、「本を自炊する方法」という記事に目がとまった。本をPDFファイルにして、パソコン等に取り込んで読む方法を紹介している記事である。そういうことを自分でやっているという人のことを読んだことはあるし、また、iPadに「青空文庫」を取り込んで読むとこんな感じになります、というデモンストレーションを見たこともあるので、全く目新しい情報というわけではなかったが、しかし、この記事に私は強く反応し、かなり熱心に読みふけった。なぜそんなにも強く反応したのだろうか。たぶん、ふつうのスキャナではなく、Scansnapを使うと説明してあったことが大きいと思われる。Scansnapがどのくらい普及しているのかよく知らないが、近年購入したコンピュータまわりの機器では相当のスグレモノであると断言できる。プリンタに紙を差し込むようにしてコピー類（両面でも可）を入れ、ボタンを押すと、50枚くらいならたちどころにPDFファイルにしてくれるのである。ふつうのスキャナで同じことをやる場合は、コピーをとるのと同じ手間がかかるが、こちらは紙をセットしてボタンを押すだけだからとても便利である。ただし、感激のあまり、手元のコピー類をまとめていっぺんに（たとえば、段ボール3箱分くらい）処理しようとは考えない方がいい。こういうことをやると、あとでできたPDFファイルの整理（デフォルトではファイル名は日時＋時間になる）に往生するからである。手間はかかっても、いちいちコピーの内容を確認し、その内容に応じたファイル名を与え、しかるべきフォルダに整理しておくようにすべきで、未整理のがたまってしまうと、結局は使い物にならなくなる。

ただ、この機器を本に使うためには、本をいったんバラして、一枚一枚の紙の状態にもどしてやらないといけない。くだんの記事は、そのための方法について細かく説明してあり、そういう作業を称して「自炊」という呼ぶのだということであった。

その記事が想定していたのは、ビジネスマンが普段電車で読むような本や雑誌であったが（私は、そういう類の本は紙媒体で充分だと思っている）、私がこのとき即座に考えたのは、実は、旧版古典文学大系を「自炊」してみようか、ということであった。旧版古典文学大系の本文データが国文学研究資料館のＨＰで公開されたとき、私はすぐにすべてをダウンロードし、以後ずっと手元で利用してきたが、使い込むうちに、やはり、もとの書物を見なければならない、という局面がしばしばあったからである。本文の文字遣いのこともあれば、頭注・補注を見たいということまでさまざまである。これまでは本棚から抜き出して当該箇所を確認していたわけである。しかし、いま、旧版古典文学大系は「日本の古本屋」などでさがせば１セット５万円以下で入手可能なはずで、とすれば、別にもう１セット入手すれば「自炊」できるのではないか、やってみようか、とその記事を読みながら真剣に考えたのである。

しかし、同時にまた、私はやらないだろう、いやできないだろう、とも思わざるをえなかった。私のなかにある「書物観」は、そのように本をバラバラに切り刻むことを絶対に許さないと思われたからである。

ただ、実際にやるやらないは別にして、そのようにして使いたいツールは私の本棚にたくさんある。古事類苑、広文庫、角川伝奇伝説大辞典等々……、もっとも、角川古語大辞典や角川地名大辞典、国歌大観等はＣＤ-ＲＯＭがあるし、日本国語大辞典や国史大辞典はJapanKnowledgeで提供されているわけだが……。

というようなことを考えているとき、同じ棚に並んでいる新古典大系に関しては、その種の欲求をあまり感じないことに気がついた。これらのうち、八代集や続日本紀等はすでに別のかたちで本文電子データが入手可能だということもある。が、それ以上に、自分がまだこの叢書を充分に使いこなしていないことがその最大の要因のように思われた。さきに挙げたツール的書物群に関しては、これまでずっと使い続けており、今後も使っていくことが確実なものであるからこそ、電子データのかたちで、どこででも使えたら、という強い欲求を感じるのである。引っ越しによる自宅の収納スペースの縮小という実際的かつ切実な問題もあるが、たぶんそれだけではない。

ここで、ちょっと別の話をしてみる。

昨年秋、16年半にわたって金沢市民の方と読み続けていた『源氏物語』講座を終えた(講座自体はいまも存続している)。『源氏物語』全巻を最初から最後までいっしょに読みましょうということで始めたもので、月二回各二時間、途中半年の海外出張があったので正味16年で読み終えたことになる。講座の前日の夜はそのための予習の時間であり、最初のうちは、玉上源氏の熟読が中心であったが、後半、「解釈と鑑賞」の巻別シリーズが揃ってからは、こちらを主体に読むようになった。だから、若菜以降のこのシリーズを私はかなり丁寧に読んだ人間であると思う。で、そのときに感じたのであるが、最近の若い研究者の手になる箇所ほど、用例の列挙（というより羅列）が目立つように思ったのである。あきらかにこれは、角川源氏等の電子データの普及によるものと思われるが、いくら簡単に検索できても、その結果を有効適切に使えなければ無意味ではないか、と痛切に思わされたのである。もちろん、なかには、きわめて適切に、情報として提示している箇所もあったのではあるが……。たしかに、右側の本文に対応させて左側の決められた紙面空間を解説めいた文章で埋めていくのは――すべての箇所についてそれだけの解説が必要なわけではないだろうから――大変なことであろう。だから、用例を列挙するのがいちばんてっとりばやいということになるのだろうが、しばしばスペース稼ぎのようにやっているとしかみられないところがあって、うんざりすることがしばしばあったのである。

このことと、さきに私が、旧版大系を「自炊」したいとは思うが、新版大系にその欲求はあまり感じない、と書いたこととは連動していないだろうか。

要するに、電子データであろうがなんであろうが、使う側がそのデータを熟知していないと本当には使いこなせないということなのである。いくら便利になっても、そこのところは100年前となにも変っていないのである。

学生や院生に頼まれて手元の電子データを貸すことはしばしばあるが、残念ながら彼らはそれほど上手には使いこなせないようにみえる。それはコンピュータリテラシーの問題ではなく、国文学リテラシーの問題だからである。たとえば、『風来六部集』が検索でひっかかっても、それが誰のどういう性質の作品かがわからなければ使いようがないのである。『源氏物語』でいえば、用例はすぐに集まるだろうが(『源氏物語大成』の索引で調べたことのある人間には夢のような早さである)、それがどの巻のどういう場面で使われたものかわからないと使いようがないし、この巻別シリーズのように、それをどのように料理して提示するかになると、まさにそれぞれの筆者の力量の問題に帰せられることになるわけである。この点は、今も昔も全く同じであろう。

問題を近世文学研究にもどせば、最近の研究において、書誌をならべるような論文が多いのは別に若い研究者が書誌に強くなったからではないだろう。国文研に行けば（あるいはアクセスすれば）、容易に情報が入手できるからにすぎない。問題は、それを使って何をするかなのだが……。

この10月からはじめた「秋成研究会」では、だからそういうのに抗して、全集第八巻の『春雨物語』諸本を読みくらべることだけに特化してすすめているが（参加者は十名程度）、結局、ためされているのは我々の読む力であるということをいつも痛感させられている。

所与の課題は、研究誌、研究メディアのこれから、ということである。しかし、研究という局面では、いま述べたように、本質的なところはなにもかわらない、と私は考えている。

しかし、研究誌ということになると、もうすこし別の角度から述べる必要があろう。もっとも、刊行形態が紙媒体であるか電子媒体であるのかという問題は、雑誌というメディアにとって実はそれほど本質的な問題ではない。グレードが高いとされる専門学術誌＝それに載ることが励みになり、かつ業績評価において高い点数を与えられるような雑誌、は、形態がどうであれ、これからも必要だし、水準を保つ努力さえ怠らなければ、これからも存続していくだろう。それとは全く逆に、同人研究誌や紀要の類も、自前で維持していく媒体であるから、これまた存続は可能であろう。それらのバックナンバーはいずれPDF等で保存・閲覧されるようになるはずだし、それが一般化すれば、最初からその形態で配布されるようになるにちがいない。

問題は、このいずれでもない雑誌の今後である。昨年休刊になった学燈社の「国文学」などを念頭に置いているわけだが、たぶんこの雑誌は、個人の購読者ではなく図書館や研究室での購読で支えられていたのではないだろうか。とすれば、「国文学」ないし「日本文学」という名前が大学や研究機関から消えていくのと並行して購読数が減り、たちゆかなくなったのはある意味当然である。一方、これらの雑誌を自分がどのように利用していたかを考えると、毎号の特集のためでなかったことははっきりしている。特集号の中味を利用するのは、あとでなにかの折に必要になって探し出すときであり、雑誌として毎号目を通していたのは、学界時評欄であり、書評であり、新刊情報であったと思う。要するに、論文を載せるメディアとしては必ずしも月刊であることを必要とはしないが、国文関係の情報を得るためには月刊であることには意味があった、ということである。

ここから考えれば、いま笠間書院から出ているようなメールマガジンがある程度その役割を果たしているということはできよう。しかし、いまのメールマガジンという形式は、まことに可読性に欠けるし、情報だけに特化されているので、雑誌としてのおもしろみは全くない。

いま私は、落語協会のメールマガジンを購読しているが、落語の情報は別にして、毎号の末尾に載る「俳句」コーナー、「宗匠『扇橋』と小袁治「後輩」の会話」という連載を楽しみに、ここだけは必ず読んでいる。たぶん、マガジン（雑誌）を名乗るためには、毎回こういうふうに読みたくなるコラムのようなものの存在が必要なのではあるまいか。それはたとえば、学界時評でもいいし、もっとくだけた、大昔に長野嘗一先生がやっていた研究室訪問的な記事でもいい。このあたりは、まさに「編集者」の仕事であり、そういうセンスの産物でなければならない。そういう意味で、我々が本当に必要としているのは、そしてまた、学界として育てていかなければならないのは、その種の意欲にあふれた「編集者」ではないだろうか。すぐれた「編集者」の目を経たものだけが、Ｗｅｂ上にあふれている凡百の文章・情報と差異化をはかりうるものだと思う。そして、そのことに関していえば、読むための方法が、雑誌・本などの紙媒体から iPad や Kindle などの電子ツールによる方法にかわっても、通底するものは同じなのではないだろうか？

〔注記〕Scansnap に関しては、『日経産業新聞』２０１１年2月23日の記事が参考になる。

〔『西鶴と浮世草子研究』5号、２０１１年6月〕

上田正行先生を送る

上田正行先生は、この3月に、無事定年を迎えられ、金沢大学を去ることになった。いささか心淋しい思いはあるが、しかしそれ以上に、新しい場所での先生のいっそうのご活躍を期待したいと思う。

上田正行先生の金沢大学におけるお仕事として、同僚としての立場からぜひ触れておきたいのは教育面での業績である。研究に関しては、本誌にも業績一覧が掲載されており、ふだんでも論文や著書のかたちで公にされる機会が多いから目につきやすいはずである。しかし、教育は、教員の仕事の大きな柱でありながら、たとえば何年度に何人の学生を指導し……というようなことを記録するような習慣は大学にはない。だから、外からはよく見えないにちがいないが、しかし、先生は、一貫して、他の三人分くらいの仕事をずっとお一人で引き受けられてこられたのであり、このことは先生のとても大切な業績としてぜひ書き留めておかねばならないと思う。

金沢大学に限ったことではないはずだが、国文科では、卒業論文にしろ修士論文にしろ提出される論文の半数以上が近現代文学であるのが常の姿である。また、ふだんの講義・演習でも、受講生数は古典文学や国語学を担当する他の教員の倍とまではいわないにしても50％増しくらいであることは確実であろう。そういう意味で、国文教室の教員四人における教育分野での仕事の負担割合は明らかに上田先生の方に多くかかっていたはずだが、そのことに関するグチを先生がもらされることは皆無であった。その点は、同僚として本当にありがたいことであったと、この場を借りてあらためて御礼申し上げたいと思う。本当に感謝しております。

以下は、ややウチワ話めいてしまうが、たくさんいる学生のなかには、時には精神を病む学生も出てくる。そういう学生に対して先生は親御さんと連絡をとり、ときには実家まで赴いて相談に乗ったりされていたようである。また、私費留学生のなかには、学費をかせぐためのアルバイトに多くの時間をとられ勉強の時間がなくなるものもおり、見かねて学費を立て替えたりされるようなこともあったようである。あるいはまた、アパート入居の保証人になったため家賃を払わずに帰国してしまった学生の後始末に苦慮されていることもあった。我々はそういう問題の処理が終わったあと、教室会議などで「実はこんなことがあった」という報告をうかがうだけで、すべては先生がお一人で処理されていたようなのである。短気な私などにはとても及びもつかない丹念な対応をされていて頭の下がる思いをしたことは一度や二度ではないのである。

留学生30万人計画が発表されて、大学では、これからますます留学生が増えることが予想されるが、私どもが先生からうかがったのは、こういう具体的に問題のあったごく少数の事例だけである。しかし、たくさんの留学生をあずかり、指導し、多くの学位を取得させてきた先生には、ぜひ留学生指導のためのノウハウというようなことを、私どものために書き残していただきたいと切にお願いしておきたいと思う。

近年、大学内では、なんでもメールですませる傾向があって、これはコミュニケーションのあり方として、本当はあまりいい傾向だとは思えないのだが、しかし、いまや、コンピュータは大学教員には必須のツールになってしまっている。幸いなことに私は年齢の割に早くから親しんできた方なのであまり苦労しないでいられるが、根っからの文系人間である上田先生はどうもこの方面には弱いらしく、いつぞや近代文学関係のCD－ROMを私の部屋に持参され、「これを買ったのだけど、どうも使い方がよくわからなくて……」と困った顔をされていたのを思い出す。メールを出しても、その返事が電話であったり、時には直接部屋に来られたり、というようなことも多かった。その点は、たぶん留学生を指導するよりはるかに苦労されたのではないかと推察する。

ともあれ、無事、定年を迎えられ、先生は新しい出発をされるわけである。しかし、この高齢化社会において65歳などまだまだトバ口にすぎない。新しい職場は、たぶんいまよりは雑用も少なく、研究と教育に専念できるにちがいない。その点は、とてもうらやましい気もするのである。

幸いなことに、後任も有能な方が来てくださることになったので、先生も安心して去ることができるに違いない。新しい場所でのご活躍と今後のご活躍を期待し、これまでのお礼の気持ちにかえさせていただきます。

〔『金沢大学国語国文』34号、2009年3月〕

木戸を開けて

私より少し年上のシンガーソングライター小椋佳の歌に「木戸を開けて」というのがある。以下にその歌詞を写して――正確には、ネットのサイトからコピペして――みる。

あなたの後ろ姿に　そっと別れを告げてみれば
あなたの髪のあたりに　ぽっと灯りがさしたよな
裏の木戸をあけて　一人夜に出れば
灯りの消えた街角　足も重くなるけれど
僕の遠いあこがれ　遠い旅は捨てられない

許してくれるだろうか　僕の若いわがままを

解ってくれるだろうか　僕のはるかなさまよいを
裏の木戸をあけて　いつか疲れ果てて
あなたの甘い胸元へ　きっともどりつくだろう
僕の遠いあこがれ　遠い旅の終わるときに

帰るその日までに　僕の胸の中に
語りきれない実りが　たとえあなたに見えなくとも
僕の遠いあこがれ　遠い旅は捨てられない

歌詞だけを読めば、恋人と別れて旅に出るという、よくあるラブソングのように読めるかもしれないが、「家出をする少年がその母親に捧げる歌」という長い副題を読めば、これが旅立ちにあたっての若者の不安な気持ちを歌った歌だということがわかる。コンサートでこの歌を歌うとき彼は「自分はいままでの人生で二回母親に別れを告げたことがある。一回は結婚の時で……」というような話をするので、その旅立ちの具体的なイメージもわかってくる。

このあたりの作詞作法について、小椋佳自身が彼の歌でもっとも有名な「シクラメンのかほり」についてこんな話をしていたのを思い出す。

この歌で自分が一番いいたかったのは、サビの「疲れを知らない 子供のように／時が二人を 追い越してゆく／呼び戻すことが できるなら／僕は何を 惜しむだろ」というところで、この頃、時間というものはなんて残酷なものなんだろう、そのなかで人はただ老いていくだけだ、と痛切に思うことがあって（ただし、その具体的な内容は語らなかったように思う）、そういう感慨をここの詞にこめたのだが、とはいっても、それを直接に歌ってしまってはポップソングにならないので、結果的には、ラブソングのように仕上げた、という内容である。それを聞いて、なるほど、歌の詞というものはそういうふうに作るものなのだな、と感心したのを覚えている。

それはともかく、私がこの歌にひかれ、ときどきギターを取り出した時に歌ったりするのは、何かをするためには何かを捨てていかなければならないという覚悟とためらいと決意とが、このやさしげな言葉遣いの歌のなかに立ち籠めているからであろう。

2月9日の追い出しコンパの時にも話したが、金沢で生まれ、金沢で育った私は、大学三年の時に、もうこの町にはいられないと感じて、大学を終ると同時に東京に飛び出したのであった。そして、36歳のときにいろいろないきさつからこの町にもどり(それは自分でも意外に早く思えた時期であった)、そのときから昨年の今頃まで、おそらくこのまま定年を迎え、この町で老後を過ごすつもりでいた。

しかし、縁あって、私に来ないかと声をかけてくれる大学があり、そういう誘いを受けた途端、いま自分がいるこの場所に自分自身が決して満足していないことに気づかされたのである。もっと別の言い方をすれば、いま自分をとりまいているさまざまのしがらみを一度全部解きほぐしてみたいと心から思ったのである。その思いは、大学三年の時に、どうしてもこの町を出たいと思ったのとはだいぶ違う。「遠いあこがれ」とか「若いわがまま」とか「はるかなさまよい」というような漠然とした何かではない、それよりもっと実体のある何かとの訣別の思いであるが、それは確固としたものであるだけに、ここに書くことがはばかられる性質のものである。もはや、自分は「木戸を開けて」と歌うだけではすまされない段階にあるということを痛切に思い知らされたのであった。

ただ、「木馬」に文章を書くのはこれが最後なので、儀礼的な感謝の言葉としてではなく書かせていただくが、ここの教室で教える仕事は楽しかったし、それをいやだとかつらいとか思ったことは一度もなかった、ということだけははっきり言っておきたい。また、諸君もよくそれに応えてくれたと思う。その点だけは、最後に心から御礼を述べておきたいと思う。

わたくしも、これから、東京で楽しみながら全力を尽くしていきます。

諸君も、どこにいても、いつも全力で楽しんでいてください。

〔『木馬』55号、2010年3月〕

リベンジ

39年前、金沢から上京し大学院生として過した四年半は、私の個人史における「疾風怒濤の時代」であった。一年あとに石川県内の高校で教えていたいまの家内を呼び寄せて結婚し（その当時はまだ「長距離恋愛」という言葉はなかったが、まあそれです）、さらに一年後に長男と次男が誕生（双子でありました）。この二人が生まれたとき、私は修士論文執筆の真最中で、12月25日に提出した修士論文の末尾には「これを提出したその足で子供に会いに行きます」と書かれている。博士課程進学後は私立高校の常勤になったので経済的な心配はなくなったが、いまのように紙おむつが発達している時代ではなかったので、家内は毎日10枚以上の布おむつを洗濯し干していたはずである。勤めていた高校では毎週一日研究日をもらえたが、家にいると必ず授乳その他を担当させられたので、授業をしている方が楽だなと思ったことも多い。そんな状態だから、出歩くこともほとんどなく、家内によればこの四年半の東京生活での記憶は、住んでいたアパート—最初は北千住、その後、綾瀬に移った—のことだけだという。私自身も、本郷のキャンパスとアパートと江古田にあった高校の三点を移動していただけで、時々国会図書館や内閣文庫に出かけたという程度の記憶しかない。

今回、縁あって再び東京暮らしをはじめることになったので、目下二人で、そのときのリベンジを果すべく計画中である。

〔『上智大学国文学会報』31号、2011年1月〕

退職にあたって

五年前の平成22年4月、四ッ谷にあるこの大学のキャンパスに通勤するようになったときの心はずむ感覚は、いまでも忘れることができない。通いはじめて間もないころ、北門前を歩いていたとき、うしろから女子学生に「木越先生！」と声をかけられてびっくりしたことをとてもよく覚えている。そんなことは、前任の金沢大学やその前の富山大学ではついぞ経験したことがなかったからである。こういう人なつっこさは、この大学特有のものなのか、都会の学生に身についていくものなのかはよくわからないが、よき伝統としてこのまま守っていってもらいたい一つである。

また、授業の時、学生が、板書だけではなく、しゃべったことまでよくノートをとるのにもびっくりした。前任校では、「ここ、大事だから、書いとかないといけないよ」と言うまで書き出さないのが普通だったからである（もっとも、同じころ、教職関係のカリキュラムで、金沢市内の底辺校といわれる高校の先生に話しに来てもらったことがあった。そのとき、用意したプリントをもとに先生が話し始めると、受講生がいっせいにプリントに記入しはじめたのを見て、「あ、書いてる！」とその先生が感嘆の声をあげたシーンを目撃しているので、ひとくちに学校現場といっても様々あるのだとは思うが……）。

とはいえ、年を重ねるうちに、こういう熱心な学生たちのなかに、卒業する前に燃え尽きてしまって、退学を余儀なくされる例が少なからずあるのを見るようになると、ほんとうの「学力」とは何だろう、と考え込むことも多かった。あるいはまた、文学史の授業で毎回行っていた小テストに関して、自己採点の時、点数をごまかす学生がいる、という報告を受けたときも、表面的な点数だけへのこだわりをみせつけられた気分になり、数日不快さが抜けなかったこともある。

そういうなかで、楽しみつつ試みていたのは、俳句を作らせることである。主に一般科目の「国語表現」のなかでやったが、スピーチやエッセイはとても上手なのに、俳句になるととたんに小学生レベルになってしまうのがとても不思議で、毎年、手を変え品を替えて試みたのである。結局、一番効果があったのは、作った俳句をその場で読みあげ即座にＡＢＣに分類してみせることであった。もう少し時間があれば、それらのうちいくつかを添削していい句に仕上げてみせる、なんていう芸当もできるようになったかもしれないが、当初の心づもりより在職期間が短かくなったので、そこまでいけなかったのがいささか心残りである。

が、その点を除けば、この五年間、とても楽しく過ごすことができた。諸先生方や学生・院生諸氏に心から御礼を申し述べたいと思います。

〔『上智大学国文学会報』35号、2015年1月〕

【よしなしごと】

【音楽】

演歌と古典文学

〔2011年9月9日〕

阿久悠が作詞して森進一が歌った「北の螢」（作曲は三木たかし）の後半は、とても激しい内容である。

もしも私が　死んだなら
胸の乳房を　つき破り
赤い螢が　翔ぶでしょう
ホーホー　螢翔んで行け
恋しい男の　胸へ行け
ホーホー　螢翔んで行け
怨みを忘れて　燃えて行け

この、胸（の乳房）から「螢」がとぶ、という表現に関しては、以前から、平安時代を代表する女流歌人和泉式部の次の歌と関係があるのではないかといわれてきた。

男に忘られて侍りけるころ、貴船にまいりて、
みたらし川に螢の飛侍けるをみてよめる
もの思へば沢のほたるもわが身よりあくがれ出るたまかとぞみる
（私訳＝男に忘れられてつらく思っていた頃、貴船神社に詣でて、その近くを流れる御手洗川に螢が飛んでいたのをみて詠んだ歌
男に捨てられたつらさのために、物思いにふけっていると、沢のあたりを飛んでいる螢も、私の体からふらふらと出ていった魂かと思われる）

この歌は彼女の代表歌のひとつだから、少し古典に詳しい人ならすぐに気がつくところだろう。ただし、作詞した阿久悠自身は、作ったときそのことを特に意識していたわけではない。が、あとで人にそういうことを言われ、そうか、自分の発想

は和泉式部という平安時代の歌人といっしょだったのかと思ってうれしかった、というふうにコメントしていた。これは、NHK-FMで、休日に以前よくシリーズで放送していた作詞家・作曲家を呼んでインタビューしつつ、その作品を聞いていくという番組の中で聞いたもので、録音も残っているはずだが、いま手元にないので日付などを確かめることができない。ついでに言えば、阿久悠自身は、そこよりも、最初の、

山が泣く　風が泣く　少し遅れて　雪が泣く

ここの「少し遅れて　雪が泣く」というところが、会心の出来で気に入っている、というように話していたはずである。

さて、これも有名な、美空ひばりの「みだれ髪」の3コーラス目のはじめ、

春は二重に　巻いた帯
三重に巻いても　余る秋

という箇所。

ここについては、同じシリーズのなかで、作曲した船村徹が、作詞の星野哲郎からこの歌詞を渡されたときに、「ここがすごくいい」とやたらに誉めたら、「そこばかり誉めないで、他のところも誉めてくれよ」と抗議された、というエピソードを披露していた。たしかにここは歌詞としても出来のいいところで、私も、ここを歌いたいがために、カラオケで歌うことがよくある。つらい恋のために痩せてしまった自分をこのように表現するのは、いかにも星野哲郎の歌詞らしくほんとによくできていて、ワタクシ的には、星野哲郎作品のベスト3には確実に入れたいと思っている。

ところで、昨日、『万葉集』を調べていた家内から、「これ、どう思う」といって、次の歌を示された。巻四・七四二の大伴家持の歌である。

一重のみ　妹が結ばむ　帯をすら　三重結ぶべく　わが身はなりぬ

新古典大系の現代語訳＝あなたがただ一重にだけ結ぶ帯をさえ、三重に結ばねばならないほど私は痩せてしまいましたたしかに発想としては「みだれ髪」と同じといえそうである。

新古典大系の注によれば、このほかにも、巻九・一八〇〇の田辺福麻呂の長歌の一節に、

白栲《しろたへ》の　紐をも解かず　一重《ひとへ》結《ゆ》ふ　帯を三重結ひ　苦しきに　仕へ奉《まつ》りて

白い衣の紐も解かずに、一重の帯を三重に結ぶまでに痩せて、苦しいのによくお仕えし奉って

とあり、巻十三・三二七三の相聞歌のなかにも、

二つなき　恋をしすれば　常の帯を　三重結ぶべく　わが身はなりぬ

世に二つとない恋をしているので、普段の帯を三重に巻かねばならぬほどに私の身はなった

という歌もある。とすれば、帯に託して、自分の身が痩せたことをいう表現は、『万

葉』以来の伝統ということになる。

星野哲郎が、直接『万葉』に学んだかどうかということは、阿久悠の例に照らしてみてもよくわからないところだろうし、詮索することにさほど意味があるとも思えない。むしろ、現代の演歌の歌詞（どれも恋歌＝相聞歌である）が、こんなところで、古典文学の発想と深くつながっている、というところが重要なのだと思う。

〔2012年3月14日〕

3月に聞いたオーケストラ

3月3日（土）に、蒲田のアプリコ大ホールであった小泉和裕指揮・東京都交響楽団のコンサートに行ってきた。

前半は、若いピアニスト（大学生）加藤大樹くんによる

ピアノ独奏　リスト：メフィストワルツ第1番「村の居酒屋での踊り」

ラフマニノフ：パガニーニの主題による狂詩曲

後半が

チャイコフスキー：交響曲第6番「悲愴」

どれも、ものすごくよかった。加藤大樹くんは、元気はつらつ。リストの曲は、めちゃくちゃテクニックがいる曲だったが、まるでそれを我々に見せつけるように、みごとに弾きこなしてくれた。はじめて聴く曲なので、比較のしようがないが、ともかくも爽快な演奏であった。

そのあとのラフマニノフも、これはとても有名な曲であるが、まことに立派に弾きこなしたと思う。我々の世代には、途中（第18変奏あたりだったかな）に出てくる甘美なフレーズが、かつて、NHKの「希望音楽会」というクラシック番組のオープニングテーマに使われたことでとても印象に残っている曲。これも、早いパッセージと、こういう抒情的なところをうまく弾きわけていて、とても気持ちがよかった。このまま大成してほしいものです。

そして、極めつけが、チャイコフスキーの交響曲第6番「悲愴」。

いやー、よかったですねえ。終ったあと、しばらくは、拍手するのも忘れたくらい。チャイコフスキーは、派手なところと、ロシア的暗さとが同居しているところが魅力なのだろうが、それらをあますところなく表現していて、とても心に残る演奏だった。たぶん、今後は、私の中では、これが「悲愴」の基準になるでしょう。

都響も小泉氏も、それなりに名は知られているが、特に人気オケというわけでもないし、人気指揮者というわけでもない。だから、発売日からだいぶたって買ったチケットなのに、前列6列目のまん中くらいがすんなり買えた（まあ、ここでのクラシックのコンサートは、だいたいそうみたいですけどね）。でも、東京に来て二年ほどの間に聞いたオーケストラのコンサートの中では（といっても、新日本フィルの第九と読響の定期シリーズと、あとは大学オケをいくつかしか聞いていないわけだが）、もっともいい演奏であったと断言したい。これが、A席3500円で、それでもいくらか空席があったのだから、ちょっともったいない感じでしたね。

で、もうひとつ、3月に聞いたコンサートがあるが、こちらは、不満だけが残るはなはだ悲惨なものであった。それは、昨日（13日夜）サントリーホールであった読響の定期シリーズ。

指揮＝スタニスラフ・スクロヴァチェフスキ（読売日響桂冠名誉指揮者）

《オール・ベートーヴェン・プログラム》

ベートーヴェン／序曲〈レオノーレ〉第3番　作品72b

ベートーヴェン／交響曲　第4番　変ロ長調　作品60

ベートーヴェン／交響曲　第5番 ハ短調　作品67〈運命〉

というプログラムで、久しぶりに「運命」が聞けると楽しみにして出かけたのだが、結論から先に言うと、

これは私の聞きたかった「運命」ではない！

もっと言うと、

こんな精神性のかけらもない、忙しいだけの音楽を聞きに来たつもりはなかった！

ということになる。

たいていのコンサートでは、オケの退場までつきあって会場を出ることにしているのだが、このときは、さすがに不愉快で、拍手をする気にもなれず、早々に会場を出てしまった。コンサートで不愉快になることはめったになく、このあいだの立教大学のときでも、学生たちの熱心さはよく伝わってきましたから、ちゃんと最後まで拍手したのですよ。

4月、5月の頃の読響のこのシリーズにも、ベートーヴェンやモーツァルトのプログラムがあり、これを聞いたときも、アンサンブルの悪さやテンポの取り方に大いなる不満を感じたが、ただし、これらのときは、そのあとに、マーラーとかブルッ

クナーとかの大物があり、それらはまずまず満足すべき出来だったので、今回のような不満は感じないですんだ。以来、どうもこのオケは古典派むきではないと思っていたのだが、1月の上岡敏之指揮モーツァルト34番は、ひさびさにモーツァルトらしいいい演奏だったので、今回もとても期待していたのだった……。

なんか、このオケが古典派を演奏するときの、悪いところばかりが出ていた演奏だと思う。

なぜ、どの曲も、あんなにせわしない、速いテンポで演奏しなければならないのだろうか？

別に、フルトヴェングラーのように重厚に、とまで要求しないが、OEKでの岩城さんだって、こんなに忙がしい感じではなかった。会員になったときにもらった、読響のいまの常任の「運命」のCDを聞いても、ここまで忙がしくはない。

ためしに、いちばん違和感のあった第3楽章の、チェロ・コントラバスがユニゾンで弾くあたり（演奏をみていると、指揮者についていくのが大変なくらいの速いテンポで、全員必死で弾いていた。思わず、隣にいた妻に、「なんで、こんなにいそぐのか？」とつぶやいてしまったのだった！）を、手元にあるいろんな人の演奏で聞き比べてみたが、テンポ的には、一番早いと定評のあるカラヤンなみである。ブレーズなどは、ものすごくゆったりとやっていて、この楽章の時間を比較すると倍くらいかかっている。

これは極端な例かもしれないが、カラヤンのテンポだって、ベルリンフィルやウィーンフィルの精鋭を率いたうえでのものだろう。下手なオケが早弾きをすると、なにをやっているかがわからなくなる……。

これは、ピアノでも同様で、一音一音がくっきりと出たうえでの、テクニックの誇示ならそれはそれで爽快だが（加藤大樹くんのはそれだった）、テンポを合わせるのに精一杯で、充分な音が出せない程度では、聞いていても全くたのしくない。せっかくのベートーヴェンプログラムだったのに、期待が大きかっただけに、はずれ感も大きいのですよ。

いままで聞いたなかで一番印象に残っているのは、プラハで聞いたチェコフィルの第3番「英雄」で、このときは若い指揮者だったはずだが、ベートーヴェンが構築している幾何学的な音楽構造を、くっきりと聴かせてくれる演奏で、ソナタ形式とかロンドとか葬送行進曲とか、文字ではいろいろ読んでいるが、それらを、音を通してわからせてくれたなあ、という感じがしたのを、はっきり覚えている。以前、定期会員をやめたのを後悔したようなことを書いたが、今回を聞いて、やっぱりその判断は間違っていなかったと思った次第である。

〔2014年10月2日〕

「アンダルシアに憧れて」を聞き比べた……

すこし前にラジオで耳にした曲です。ほんとにはじめて聞いた曲。でも、とても気になったので、とうとう、いくつかのバージョンを聞き比べるまでのことをしてみました。

ラジオでオンエアされたのは、作詞・作曲した真島昌利という人のバージョン。この曲は、ふつうには、近藤真彦の唄で知られている曲らしいです。なので、近所の図書館でベストアルバムを借りて聞いてみました。

なるほど、これは、アレンジがスペイン風でかっこいい。フラメンコギターやタンバリンが入っていて、とても豪華。ただし、近藤真彦は、どの歌でもそうだが、本人の歌唱が、もとの曲に負けていることが多いのですね。「愚か者」を高橋真梨子がカバーしたとき、つくづくそう思いましたからね。これも、まあ、出来としては平均点クラスでしょう。

もうひとつ聞けたのは、山崎まさよしのカバーアルバム「Cover ALL HO!」に入っているもの。これは、ロックらしい、スピード感を前面に出したアレンジ。トランペットがとても印象的です。歌としては、間違いなく、この人が一番上手でしょう。

で、あと、ラジオで聞いたバージョンと同じかどうかわかりませんが、真島昌利のアルバム「夏のぬけがら」のも聞くことができた。聞き比べるとよくわかるが、こちらは、かなりあらっぽく歌っているけれど、それが、この曲の雰囲気にとても合っているのですね。

歌詞を読むと、要するに、チンピラヤクザが、女と駅で会う（たぶん駆け落ち）約束をしていて、その前に、対立派との抗争になり、鉄砲玉である自分はあえなく撃たれてしまう……、というようなことになるのでしょう。そのチンピラヤクザの悲しみが、特にサビのあたりの叫ぶような歌い方に、とてもよくあっている気がします。何度か聞き比べているうちに、真島昌利本人のがいちばんいいと確信するようになりました。

で、この聞き比べを通して、ロックというのは、うまく歌えばいいというものではないのだな、ということを実感したわけであります。わかっている人には、なにをいまさら、といわれるでしょうが……。

なにせ、ロックというのは、いちばんよくわからない音楽ジャンルだったので、ようやく、ちょっとわかりかけたかな、という感じ。ワタクシ的にはちょっとした音楽的発見だったので、書き留めておきたかった次第であります。

〔2015年2月28日〕

リスボンでファドを聴く

リスボンに行くことになったので、以前、金沢大学で教えたポルトガルからの留学生（修士論文のテーマはモラエス）と連絡をとろうと思い、ネットで検索してみたら、なんと、京都外語大のポルトガル語・ブラジル語科の准教授だというではありませんか。

早速、連絡をとり、行く前に逢うことができた。で、彼がいろいろセットしてくれて、滞在中の一夜、ファドのライブハウスに連れて行ってもらったという次第。

行ったライブハウスの名前は、Timpanasという。タクシーで行ったが、早く着いたので、すこし外で待っていた（レストランでも、7時に行くとしばらく待たされることがよくあった）。8時に店に入り、まずはディナー。ポルトガルの人はよく魚を食べるが、もともとそんなに好きではないのと、ナイフとフォークで骨をむしる腕はないので、肉の方にしている。飲み物は、たいていワイン。

ライブが始まったのは九時から。最初は、男2女3（ひとりはアコーディオン）によるフォークダンス、歌と踊りです。いかにもヨーロッパの田舎にありそうな感じのもの。

そのあと、男性のファド歌手が、ギター二人をしたがえてファドを歌う。三曲くらい。最後の曲は大ヒット曲らしく、同行したご両親もいっしょに歌っていた（当方は、アマリア・ロドリゲスの「暗いはしけ」しか知らない）。

メロディ担当のギター（実際は普通のギターの倍の弦があり、とても繊細な高い音を出していた。ギターラとよぶべきかな）の人が、留学生と同級生で、ご両親も小さい頃から知っているらしく、始まる前と休憩のときに、われわれの席に来て話したりしていていた。私もサインをもらい、写真も撮りました。彼のギターは、たとえば、鶴岡雅義が歌の合間にオブリガートのように弾く、ああいう感じのもの。基本的にマイクは使わないので、音はおおきくないが、哀愁味があってとてもよかった。歌手はみんなとても声量がある。秋川雅史みたいな歌い方をポップにした感じ、というとわかるかな。

そのあと、若い女性が三曲ほど。つづいて、ギター二人のインストゥルメンタル曲を三曲ほど。これが、ワタクシ的には、一番よかった。すこし休憩があってから、フォークダンス組が、前のとは別の、タップダンスふうのをやり、三人目の貫禄のある女性歌手が、やはりファドを三曲。この人の三曲目も大ヒット曲らしく、全員が合唱していた。三人の中では、この人の歌が一番説得力があった。

最後、三人の歌手が、客席の中に入って、つぎつぎ歌っていくのはなかなかに聴き応えがあった。日本人のツアー客も十人ほど来ていた。コンサートとはちがうので、ひとりでは決して行けないところだから、とても貴重な体験をさせてもらったと思う。

ホテルまで送ってもらって別れたが（これまでずっと、カタコト英語で意思疎通をしていたのですよ）、別れ際に、

Thank You Very Much とか

I am satisfied とか

Very Good Two Days

みたいなことしか言えない自分が、ちょっと情けなかったですね。ホテルの部屋で、留学生の彼に、日本語で感謝のメールを出したことはいうまでもありません。

なお、ライブの時、近くに女性六人づれがいたのを見た父上が、ブラジリアンだと教えてくれました。どうしてわかるのかと聞いたら、言葉ですぐにわかるという話でした。我々が関西人を識別するようなものらしいです。

また、この父上は、生まれはアンゴラ（もとポルトガル領）、母上もどこかは忘れたが、やはりリスボン生まれではない。アフリカかどこかのもとポルトガル領だったと思う。

植民地がたくさんあるということは、そういうことなんだな、と少しわかった気がしました。

【本】

アマゾンのブックレビューが気になりますか?〔2011年5月18日〕

昨日本屋で買ったばかりの小林信彦の新刊『気になる日本語』(週刊文春の連載13冊目)の帯に「アマチュアの時代は困ったものだ」とあった。いかにもいまの時代らしいコピーで、編集者のセンスがうかがわれる。

ところで、最初に「昨日本屋で買った」と書いたが、実は、こういう本の買い方を、私は最近あまりしなくなった。もともと、本屋にはあまり行かない方で、これまではネットの「本やタウン」経由で買うことが多かったのである。前任校の大学生協書籍部がここに加盟していた関係で、ネットで注文すれば一週間ほどで私の部屋まで届けてもらえたからである。

しかし、いまの大学の本屋にも近所にもそういう便利な本屋さんはないので、かなり高い確率でアマゾンを利用するようになっている。ここだと、早いときは、夜に注文した本が次の昼には届くというようなことにもなっていて、その速さはびっくりすることが多い。

で、このアマゾンには、カスタマーレビューというのがある（本に限らずすべての商品にあるわけだが）。本の場合は読んだ人の感想と、★から★★★★★までの評価が付されている。

私は、本に関する情報は、昔から愛読している「本の雑誌」や出版各社のＰＲ誌、新聞の書評欄（もっとも今月から新聞を取らなくなったが）、週刊誌の読書欄（週刊文春のこの欄は、他の連載ものの頁とあわせて最近はよく読んでいる）等から得ており、そういうところから読みたい本を選んでいるわけだが（店頭で選ぶときりがないことになるし、本は荷物として持ち歩くにはとても重い！）、それでも、時折、アマゾンのこのレビューは読むし、買おうと思ってクリックしようとしたときに、「あまりおもしろくないからおすすめしない」などと書かれていたりすると、ではやめるか、と思ったりもする（実際にそれで買わなかったことも何回かある）。

その意味では、直接購買に影響する率の高い書評といえるのではないだろうか？

とすれば、出版各社は、紙媒体の書評に気を配るだけでなく、こういうところでのレビューにも気を配り、場合によっては、そういうライターを養成するようなことも考えていく必要があるのではないだろうか？

そのアマゾンの書評のことも含め、日本の書評の現在について述べたのが、「本の雑誌」の常連寄稿者でもある豊崎由美の『ニッポンの書評』（光文社新書）である。アマゾンの素人欄ライターのレベルの低いレビューに憤慨して、別の書評（カウンター書評？）を書いてみせる、なんていう手間はなかなかできるものではない。そういう点も含め、全体としてとても有益な内容であるが、なかに紹介されていた岸本佐知子の『みんなのためのルールブック』の書評には大笑いしてしまった。まさに戯作精神が横溢しており、こやつ、やるな、と思わせられる。こういう「芸」をみせられると、岸本佐知子の他の本も読みたくなってくるのだが、まだ未読の本がたくさんあるので、こういうときは本当に困る！

大田図書館賛

〔2011年7月1日〕

自宅のすぐ近所（歩いて10分くらい）にある大田図書館は、休みの日には散歩を兼ねて立ち寄ることが多いが、とてもいい図書館である。

今日も、大学のコミュニティカレッジ（市民むけ講座）の資料探しを兼ねて立ち寄ったが、大学の図書館にはなかった『稿本金沢市史』（ただし復刻版）をちゃんと所蔵していた。国会図書館までコピーしに行かないといけないかなと思っていたので、とてもうれしい。

そのあと、家で仕事をしていて、『江戸名所図会』を調べる必要が出てきて、そういえば、市古夏生氏から出るたびに送っていただいていたちくま学芸文庫版は、金沢の自宅の書庫だったなと思いつつ、ネットから大田図書館の資料を検索したところ、ちくま本はもちろんのこと、その前に出た角川文庫本（そういえば、昔の角川文庫にはこういう貴重な資料がいくつも入っていたものでしたね）の新旧各版、さらには新典社の名所図会叢刊まで、よりどりみどりという感じで出てきた。

ただし、ここに出てくるのは、大田区内の全区立図書館（馬込・下丸子など全16館）の蔵書であって、大田図書館1館がこれを全部所蔵しているわけではない。

すごい、というか便利なのはこのさきで、これらをネットで予約すると（もちろん図書館の窓口でも可)、数日のうちに取り寄せてくれ、メールで、準備ができたから取りに来てくださいという案内が届く、というシステムになっている点である。

大田区内の全区立図書館となると蔵書数はかなりなもので(もちろん人気の小説などはダブりもある)、上記『稿本金沢市史』なんていうかなり専門的な資料までちゃんと揃えているわけである。エライと思いませんか?

正直言って、建物は、……かなり古い。そのため6月は、ここの図書館は修理中ということで二週間ほど使えなかったが、予約本だけは受け付けてくれたので、とても重宝した。

CD・カセット類も同じ扱いをしているので、音楽を聞きたくなったら、amazonへ行く前に、まずここで検索してみることにしている。Miles Davis のコレクションは、おかげでかなり充実してきた。

ただ、CDの類は、本ほどタイトルが整理されていないような気がするが、これは、英語やらカタカナやらが混じるからやむをえないところかもしれない。

さっきまで読んでいた坪内祐三の新刊『書中日記』(「本の雑誌」の連載の単行本化)によると、世田谷図書館では、返却が遅れたら、ボランティアの図書館の係の人に「役人的」に「叱られる（＝「返却期限が過ぎています」、と言われるとのこと）」そうである。が、大田図書館ではそんなことは言わない。たしか洗足池図書館でもなにも言わなかったはず。だまって受け付けてくれるだけ。でもまあ、坪内さん、ちゃんと期日までに返すのがマナーだとは思いますけどね。

建物の立派さを誇る例は多いが、私は、この図書館サービスの充実ぶりだけでも、大田区に住んだことを正解だったと思っているのである。

さて、それでは、名所図会叢刊の江戸名所図会の、必要な巻を調べて、予約することにしましょうかね。

〔2011年12月5日〕

物語るための体力

以下は、図書館でたまたま借りて読んだ半村良作『すべて辛抱（上・下）』という時代小説を読んで、考えたことです。

この『すべて辛抱（上・下）』は、半村良の最後の長篇で、一年ほど新聞に連載されたもの。かなり分厚い単行本が二冊、いまは文庫に入っているはず。

半村良のものは、『産霊山秘録』を読んで、びっくりし、あきれ、かつ感心して以来、図書館で借りたり、文庫本を買ったりなどして、一時、かなり熱心な読者であった。大長篇の『妖星伝』も最後の巻まで読んだのだから、まあ、愛読者を名乗ってもいいと思う。奇想系SFもいいが、直木賞の『雨やどり』系の酒場人情ものも好きだった。

たくさん書いている人だから、なかには、あまりできのよくないのもあるが、それでも、それなりに楽しめたものだが、この『すべて辛抱（上・下）』は、そういうのともちがう。

内容はといえば、たぶん、この時期、作者は鹿沼に住んでいたようなので、それと関係あるのだろうが、下野《しもつけ》の鹿沼で、その日暮しの水呑み百姓の家に育った主人公ふたりが、江戸に出て、それぞれにアイデアをしぼって江戸に溶け込んでいくさまを描いた小説である。また、ふたりの生き方には、作者の経歴がある程度反映されているように思われるが、それについても、これ以上はふれない。

寛政の改革の頃に江戸に出てきて大店《おおだな》に奉公し、やがて一本立ちしていく様子を、幕末に向って時代が変化していくさまとリンクさせつつ描こうとしているという意図はよくわかるのだが、どうも、全体として、説明が過剰なのである。というより、物語ることを放棄して、すべて説明することですましている気配が感じられる、と言った方がいいだろう。

だから、下巻になると相当イライラしてきて、とうとう最後のあたりはとばし読みになってしまった。それでも大丈夫な小説なのである。

これが最後の長篇になったということを思い合わせると、この頃、作者は、もうかなり体力を失っていたのではないだろうか。

別のいい方をすれば、物語を作っていくには、かなりの体力・気力が必要である、ということにもなる。

こういう傾向は、ある程度、物語系の作者にはあてはまりそうな気がしたので、ちょっと書いてみたくなった次第。

〔2011年12月12日〕

中山康樹の本

近所の大田図書館が改装のためしばらく休館なので、散歩をかねて、歩いて30分ほどの洗足池図書館にでかけた。同じ区内の図書館で、図書カードも共通だから気楽だが、やはり館がちがうと並んでいる本や雑誌がちがうので、棚をみてまわるだけでもおもしろい。

で、たまたま、ジャズ評論家中山康樹の未読の本数冊を見つけたので数冊借りてきた。

なかでも、昨日読了した『ジャズメンとの約束』（2001年、河出書房新社、のち集英社文庫）は、ジャズエッセイとしてとても後味のいい本であった。ジャズ誌の編集長として会ったジャズメンたちやそれにかかわるいろいろなエピソードを短くまとめてあって、とても読みやすい。

冒頭、ニューヨークの中古レコード屋の話があり、最後の章にも、このレコード屋の主人が登場する。トランペッターのコンプリートアルバムを収集していた主人が亡くなったので引き取ってほしいという連絡があったので勇躍出かけたら、そこに並んでいたのは、ハープ・アルバートのコンプリートアルバムであった……、というオチで終るのもなかなか洒落た構成といえる。

アート・ペッパーの墓が、コインロッカーのようなところにある、というようなちょっと悲しい話から、モンキーズの「デイ・ドリーム・ビリーバー」のアレンジを担当したのが、ショーティ・ロジャースであったという業界的ウラ話、あるいは、若き日のフィル・スペクターが「ダウンビート」誌に、ギタリストについて投書した話など、どれも、あっさりと書かれているので、よけいに味わいが深い（なお、いまあげたこれらの固有名詞に反応できない人には、この本はすすめません。念のため）。

著者のマイルス研究本シリーズは愛読しているので、評論家としての腕前はよく知っているつもりであったが、こんなにいい味のエッセイを書くことを、この本で初めて知った。

目下、同じ著者の『黒と白のジャズ史』にとりかかったところ。

アメリカのジャズ史を黒人系と白人系のせめぎあいと見る視点はめずらしくないが、そこにブルーノートレーベルを創設したドイツ系移民のアルフレッド・ライオンをからませた本のようで、これもなかなか楽しみである。

それにしても、仕事がらみの、国文学や近世文学の本は、これほど熱心に読まないのに、全く関係ないこういう本はすぐに読了してしまうというのは、どういう性格をしているんでしょうかね？

純文学する芸人たち

〔2012年2月8日〕

先週の2月2日（木）夜に放送された「アメトーーク」「読書芸人」の回を、今朝（8日）ようやく見ることができた。

この番組は、録画したのを見ることが多い（見逃したくないのと、CMやつまらないところを飛ばすため）が、この回はちょっとだけ見て、地味だなと思って、先延ばしにしていたものである。

しかし、見始めると、これがなかなかのものでありました。

リーダー格の又吉くん（ピースの暗い方ですね）は、筋金入りの純文学愛好家ですね。

新刊本屋や古書店に行く姿を紹介してありましたが、新刊本屋では、まず文芸誌コーナーへ行き、各文芸誌のラインナップを見て、今月はこれを買う、と決めたり、古本屋では、上林暁の句集を見つけると即買ったり、ボードレールの『悪の華』（の翻訳）の初版2万5000円をまけてもらうという条件で買ったりと、なかなか堂に入ったもの。

他に、前から私のひいきだったオードリーの若林くんが出ていて、彼のお気に入りが藤沢周というのにもびっくり。実は私はこの人の小説を一冊も読んだことがありません。というより、近年の純文学系は全く読んでいませんけどね。

あと、光浦靖子が出ていたのは、まあ予想の範囲内として、彼女が、『瀬戸内寂聴・瀬戸内晴美往復書簡』〔編注＝『わが性と生』（新潮文庫）か？〕という本を実におもしろそうに紹介しているのもなかなかのものであった。司会の二人がおもしろそう、読んでみたい、と反応していたのが印象的であった。

一昔前なら、お笑い芸人が、こういうふうに純文学作品について語るなんて姿は、まず見られなかったと思うが——というよりも、こういう趣味の人は、お笑いに行かなかったはずだが——いまはそういう人でも、芸人をやれるようになったのだ、ということなのですね。

とりあえず、この人たちには、その話術を駆使して、活字の本のおもしろさを、せいぜいテレビで話してほしいと思う。

我々は、いくらがんばっても、結局は、活字世界に向けてしか話せないので、どうしても限界がありますからねえ。

〔2012年3月18日〕

吉本隆明さんが……

今朝（3月16日）、テレビをつけたら、NHK7時のニュースの冒頭で、吉本隆明さんが亡くなったことを報じていた。

書物を通じてのみのつきあいであり、一度、講演を聴きにいったことがある以外、生身のご本人に会ったことはない。しかし、もし聞かれたら、いまでもためらいなく、私が一番尊敬する文筆家です、と答えることのできる人である。

たまたま、この訃報に接したのが旅行先であったため、自分のなかのいろいろな想いを話す相手がいないのがまことに残念である。

全く説明なしに書いてしまうが、私にとっては、2001年10月の古今亭志ん朝、2002年6月のナンシー関に次いで（この順序は、生起した時間の順です、為念）深い喪失感を抱く人物の「死」を味わうことになるのだろうな、といまは思っている。

以下、断片的な感想を。

大学生の頃、雑誌「文芸」に連載され、すぐに本になった時評集『情況』（河出書房新社、1970年）は、リアルタイムで読み、長く愛読した書の一つだが、そのなかで、第三の新人たちを批判しているところがある。

いま本が手元にないので、記憶だけで書くが、安岡章太郎・遠藤周作・吉行淳之介らの軽妙なエッセイ（私は、それらの愛読者でもあった）を材料に、それらのなかで、自分が高所恐怖症であると書いたり、とても忘れっぽい、などと書いたりしていることをひっくるめて取り上げ、それは「壮絶な自信」に裏打ちされたものではないか、いい気なもんじゃないか、と切り捨てたところがある。

正直言って、その当時の私には、自分の弱みを書くことが、なぜ、「壮絶な自信」につながるのかよくわからなかったと思う。しかし、こういう考え方、感じ方こそが「文学」なのだ、それを自分で説明できるようになるまで、おまえは「文学」がわかっているという顔をしてはならない、という感じだけは持った。

それに言葉を与えられるようになったのは、比較的最近のことだが、そのわかりやすい実例が、いまのTVのバラエティ番組でのお笑い芸人たちのトークであろう。

『言語にとって美とはなにか』（勁草書房、1965年）二冊は、高校時代から、書店（忘れもしない、金沢の福音館書店）の本棚にずっとあるのが気になっていて、大学に合格したら、買って読もうと決めていた本である。

すべてを読み終えたのは十年以上あとのことになるが、日本の古典文学や近代文学を扱ったところは、早い時期に読んでいた。

そのなかに、近松の『出世景清』を取り上げ、阿古屋が牢にとらわれた景清の前で、二人の子を殺し、自分も死んでしまう場面を引いて、ここに「近世悲劇」のすべてがある、というような言い方をしたところがある（これも記憶で書いているので、正確ではない）。

この吉本流断言を、いつか自分の言葉で、納得できるかたちで解き明かしたいと考えていたが、2010年度に行なった「子殺しの風景」という講義で、なんとか40年来の宿題を解くことができた気になった。

また、まだ解けてはいないが、いま、自分の考えていることにとても重要なヒントになっているのが、近代作家の文体を「話体」と「文学体」に分ける考え方である。

もうひとつ、『言語にとって美とはなにか』の最初の方に、岡井隆と寺山修司の歌を例に、言語における「喩」ということを論じている箇所がある。

ここに出ている寺山修司の歌は、

マッチ擦るつかのま海に霧ふかし身捨つるほどの祖国はありや

であるが、はじめて読んだとき、この短歌は、なにがなんだかさっぱりわからなかった（どこがわからないのかということさえもわからなかった。ともかくチンプンカンプンだったのである）。

しかし、おりにふれてこの短歌を口にし、関連の本を読んだりすることを重ねていくうちに、だんだんと、これが戦後短歌の代表作だということの意味を、自分なりに理解できるようになった。

そのことを自分で確認できたと思ったのは、今年度後期の一般科目（全学生向けの授業です）のなかで、ふと思いついて、この歌を取り上げ、「喩」の構造（こういう言葉は使わなかったが）について、自分なりに納得できるしかたで説明できたときである。

ああ、自分もこの40年の間に「文学的に」成長していたんだな、ということを実感して、とてもうれしかった。

思想書・哲学書を読むのは苦手だったので、吉本さんの著作のうち、この方面に関しては、ただ読むだけであった。すべてを読了できたわけでは、もちろんない。たぶん、本当の意味でわかるという段階まではいかないだろうと思っている。だから、この方面について、なにかを言うことはおそらくないと思う。

それでも、吉本さんの文芸批評、文芸時評、古典論関係の著作のなかに、いまなお、いくつも宿題としてかかえている問題があり、それらを考えるだけで、私の一生の課題は十分にあると思っている。

吉本さんについては、富山大学に勤務していた時代に、一度だけ、親しくしていた学生たちの前でしゃべったことがある。

また、数年前、吉本隆明資料集（このシリーズは、もう100冊を超えた！）を出している松岡氏から依頼があって、挟み込み附録に小文を書いたことがある〔編集部注―「随想・随感」所収「吉本さんから学んだ二つのこと」〕。金沢から帰ったら、それを自分のHPにあげて、読めるようにしておきたいと思う。

吉本さんのほんとうの意味での魅力は、その文体と生き方であり、そこだけにしぼって書かれた（著作の内容に対する批評などはほとんどない）のが勢古浩爾著『最後の吉本隆明』（筑摩選書、２０１１年）である。昨今の吉本隆明本の中ではいちばん気持ちよく読了できた一冊であった。

吉本さんは、最後まで、新聞や週刊誌などに、自身をさらすことをいとわなかった方である。思想的な方面でそうであったこと、そうであろうとした理由については、自分自身も早い時期から「覚悟」として語っているので、著作にふれたことのある人には了解ずみのことであろう。

簡単に言ってしまえば、自分が、第二次大戦直後の思想的昏迷のなかにあったとき（戦争中、極右少年であったことは有名）、それまで信頼できると思っていた小林秀雄等の言論人が沈黙してしまったことへの批判を踏まえ、言論人としての倫理観に基づいて、最後まで、時事的な問題について、現役であり続けようとした努力の結果である。最近のことでいえば、今年1月の週刊新潮に、福島原発のことがあるからといって「反原発」であってはならない、という意見を開陳していたのがその典型的な例である。

しかし、それ以上に重要なことは、老いた自分の生身の身体を、人前にさらすことを厭わなかったことではないだろうか？

老醜をさらしたくないからテレビに映りたくないとか、写真は若いときのを使ってくれ、というようなことは絶対にしない人であった。

一ファンとしては、ＮＨＫのＴＶにその姿が出るのはうれしいが、しゃべりがとまらなくなって、途中で糸井重里が出てきて……、という場面を見るのはつらかったし、小林秀雄賞の受賞スピーチで、話がえんえんと続いて困った……、というような文壇ゴシップを読むのも、うれしいものではなかった。

しかし、「老い」の問題を思想に繰り込むとはこういうことだ、ということを、吉本さんは、最後まで、身をもって示してくださったのだと、いまは理解している。

「老い」にどう処するかは、これからの日本の社会にとって、たぶん、もっとも重大な思想的問題になるはずである。その意味で、吉本さんは、我々に、とても重要な遺産を残していったのだと思う。

落語評論の不毛

〔2012年4月14日〕

前に、広瀬和生という人の新書『落語評論はなぜ役に立たないのか』（光文社新書）という本を読んで、その煮え切らない書き方にいらいらして、途中で読むのをやめたことがあった。

その後、アマゾンの批評を見たら、小谷野敦氏がまことに適切な批判を書き込んでいた。以下にそれを引いておく。

題名と、折り返しにある文章に興味をひかれたのだが、著者は、寄席へ行っても面白い落語家に遭遇するわけではない、と言う。それはいいのだが、だからといって、過去の名人を勧める人を罵倒に近い表現であしらうのは筋違いではないか。恐らく敵は京須偕充なのだろうが、後半はこれまでの著書と同じく、立川流および小三治など著者の好きな現存の落語家の礼讃になってしまい、やはりそれらを生で見ろ観ろということになるのだが、寄席などない地方の人のことを考えていない。これは昨今の現場主義落語評論家の通弊である。それなら、ＣＤで昔の名人を聴くことを勧める京須のほうが良心的なのである。それに著者は、まるで落語評論家がみな立川流を敵視しているかのように言うのだがそんなことは全然あるまい。立川流ほど今絶賛されているものはないのではないか。二言目には、落語評論家とは現在の落語家の誰がいいかを教えるものだと断定するが、過去の名人を勧めて何がいけないのか、分からない。ただ京須偕充らを攻撃するための書物のように見える。

こちらの大学生に、私は、「機会を見つけて寄席に行くといいよ、東京ではそれができるんだから」という言い方をよくするが、そのことと、本でそれを書くこととは小谷野氏のいうとおりたしかに意味が違うだろう。

が、それ以上に気分が悪かったのは、京須偕充氏を仮想敵としながら、その名を出さないで書いているという広瀬氏の姿勢である。

鈍感な私には、いったい誰をターゲットにこういう批判を書いているのかとても不審であり、かつ、相手の名前を出さないでする批判など無意味だと思ったので（名ざしでしない批判は、自分の批判に対して責任を取ろうとしていないだけである）読むのをやめたのであった。

で、最近、図書館で、京須偕充氏の新著『落語家昭和の名人くらべ』（文藝春秋）を見つけたので読んでみたが、こちらにも、名前を出さないで、古典を現代風にいじくりまわして、似て非なるものにしている一群の落語家たちへの批判的な言葉が並べられていた。

ここでもやはり具体的な名前は挙げられていない。

お互いにこんなことをやっていては、しようがないですよ。

それと、京須さんのこの本は、妙にもったいをつけた書き方がとても気になり、読みたかった志ん朝に関するところを読んだだけで、返却してしまった。志ん朝の名盤ＣＤ（三百人劇場のシリーズ）の制作者として、私たちはこの人の名前を覚えたと思うが、もうそれにまつわるネタは尽きているのではないかと思う。それを無理やり書くから、こんなに妙にもったいをつけた書き方になるのだと思う。

昨年末に立川談志が亡くなったが、基本的に談志の「落語」には、あまり興味はなかったので、ほとんどその関係の記事には注意を払わなかった（ただし、落語批評家、芸能評論家としての談志は第一級の人だと思っている）。

ただ、堀井憲一郎が、自分の持っている連載の中で、談志のもっともよかったライブ体験を書いていたのが、とても印象に残っている。談志に関して、そういう体験を持てたことに、正直にとてもうらやましい思いを持った。

堀井憲一郎は、別にその体験を得意げに書いているわけではない。偶然にそういう場面に遭遇し、とてもよかったということを書いているだけである。だけど、それを読むだけで、以後、彼が談志をずっと聴き続けるようになった理由が納得できたのである。

芸能批評というのは、結局、そういう幸福な体験をいくつ持っているか、ということに尽きるのではないか。

そして、それをどれだけ、嫌みなく（特権的なものとしてでなく、開かれたかたちで）語れるか、ではないだろうか？

堀井憲一郎の落語に関する文章が好ましく思えるのは、どうも、そういうあたりなのかな、といま書いていて改めて確認した次第である。

〔2012年5月3日〕

さよなら、「本の雑誌」！

ずっと定期購読していた「本の雑誌」をとうとう解約することにした。

ある時期まで、最初から最後までなめまわすように読んでいた雑誌なので、やめるのには、正直ためらいがあった。だが、ここ一年は、一頁も読まないうちに次の号が届き、あわてて前の号とあわせて少しだけ目を通す、というようなことが続いていた。

創刊スタッフであり、この雑誌の顔でもあった椎名誠も目黒孝二も編集・経営にタッチしなくなって久しい。もちろん、それが理由では全くない。もしそうだったら、とっくの昔にやめている。

自分でもうまくいえないが、本をとりまく状況の変化、とでもいうしかないような気がする。

自分の側の事情をいえば、東京に引っ越して来たために、住まいが狭くなり、かつてのように本の置き場所のことを心配せずに買い込む、ということができなくなったということはたしかにある。

また、ちょっとした本は、近所の図書館で借りることができる（以前も書いたように、大田区内の16の図書館すべてを、近所の図書館とほぼ同等に利用できるのである。これは、金沢市立図書館（2館あるが、取り寄せてもらったことはない。そういうサービスはあるのだろうけれど）と、ときどき県立図書館、あとは大学の図書館くらいというのとは大違いである）ということも大きい。

そういうこちら側の事情はそれとして、根本的には、「本の雑誌」自体が、いまやリトルマガジンといえなくなってきた、ということが大きいのではないかと思う。

私は、さすがに1ケタ台の号は持っていないが、20号以前のどれかの号を神田の書店ではじめて入手し（たぶん1980年前後）、世の中にこんなにおもしろい雑誌があったのかとびっくりして、すぐさま読みふけったときのことをよく覚えている。

そのあと、すぐに、手に入る限りのバックナンバーを入手し、以来、届くたびに楽しみにして、すみからすみまで読んだものである。

季刊であった頃、実際にはかなり不定期に出ていたため、「遅れたが文句あっか！号」みたいなタイトルの号に笑ったことを思い出す。

その頃の「本の雑誌」は、まさに「本」を「書物」と呼ぶことに代表されるカルチャー世界に対して、でも、本当におもしろい「本」はこちらにあるよ、というスタンスで、我々の知らない本、名は知っているが読まなかった本などの魅力を教えてくれる、まさに「カウンターカルチャー」の代表ともいうべき雑誌であった。

しかし、いつかしら、遊びでやっていたはずの「本の雑誌」上半期・下半期ベストテン等が、書店で紹介されるようになり、それが売り上げに結び付いたりするようになって、徐々にこの雑誌はメインカルチャー化していった。

たぶんその頃から、読者層も変質していったのであろうし、我々の方も、この雑誌に対する特別の思い入れというものをなくしていったのだと思う。たぶん、その時期と、椎名誠や目黒孝二が編集・発行の責任者であることをやめた時期と重なるはずである。

似たようなテイストを持っていた雑誌「噂の真相」が、それよりもすこしあとにいさぎよく廃刊してしまったことを考えれば、そういう選択肢もありえたと思う。そうすれば、惜しまれて消える、ということになったのだろうが、この雑誌は、そうした方向を取らなかった。

それはそれでひとつの選択肢であったと思う。が、残念ながら、私の方には、もはやつきあうだけの余力はないのであります。

お元気で!

小谷野敦氏の『カスタマーレビュー』〔2012年8月18日〕

小谷野敦氏がアマゾンに本名でカスタマーレビューを書いていることは知っていたが（前に落語評論の不毛について書いたとき、その批評を引用させていただいた）、それが本になるほどの分量であるとは知らなかった。

そのものズバリ、

『小谷野敦のカスタマーレビュー』（アルファベータ、2012年）

という本。

けなすばかりでなく、ほめているものも沢山あり、なによりも、これらすべてを実名で出しているというのがとても潔くて、感心する。

本人も言うように、プロの物書きである氏が、無償でアマゾンに書くというのは、ずいぶん変わっていると思うが、たぶん、読んだり見たりするとなにか言わないでいられない性分なのだろう。その気持はわかるが、なかなかこんなふうに気軽に書く気にはならないものだし、書く以上はそれなりに気をつかう（ほめる・けなす、ということだけでなく）ものなのだが、そのへんは書き慣れている方だから大丈夫なのかもしれない。

２００５年に『解釈と鑑賞』別冊の西鶴特集を編集したとき、小谷野氏に原稿を依頼したことがあるが、誰よりも早く届いたので、ずいぶん筆の早い方だなと感心したことがある。たぶん、書くことにあまり苦労しないタイプなのだろうと思う。

考えてみれば、ここでの批評というのは、買おうかな、という人が読むものであるから、実は、一番影響のある場所なのかもしれない。また、新聞や雑誌媒体の批評は、いまは褒めるものばかりだから、氏のような直言家には書きづらいことも多いのであろう。

その直言ぶりは、かつて愛読した谷沢永一あたりを思わせるが、比較文学出身であるだけにはるかに幅が広い。

ただし、映画（というよりＤＶＤというべきか）の好みはかなり偏っていると思うし、本も含めて、全体として、評判のいいものに辛く、知られていないものに関してはやや甘い評点が付いているという感じはする。

基本的に書評を読むことは好きな方なので、電車での行き帰りに楽しく読ませていただいたが、いくつかの書物については、買わないまでも図書館でのぞいてみようかな、と思うものがあった。このあたり、いつもながら有益な情報も得られるので、あわせて感謝したいと思う。

一緒に買った最近の本も、それぞれにおもしろく読ませていただきました。こちらもあわせて紹介しておきます。

『文学賞の光と影』（青土社）

『21世紀の落語入門』（幻冬舎新書）

『「昔はワルだった」と自慢するバカ』（ベスト新書）

『名前とは何か　なぜ羽柴筑前守は筑前と関係がないのか』（青土社）

このなかでは、ちょっと古いが、『名前とは何か』が役に立つ。

私は『八犬伝綺想』の頃から氏の名前を知っており、以来、氏の書くものは目につく限り読んできた方だが（どれもおもしろいが、『退屈論』が一番すぐれていると思う）、『友達がいないということ』（ちくまプリマー新書、２０１１年）でちょっとしらけてしまった。「もてない」ことを標榜するのはいいとして（そういう立場だからこそ言える言説はたしかにあると思うので）、「友達がいない」ことまで売物にしなくてもいいのに、とちょっとゲンナリしたからである。

その後、図書館で借りた『東海道五十一駅』（アルファベータ、2011年）を読んだら、新幹線に乗れない苦しみを率直に書いてあって、かなり納得するところがあり、また、読み始めたという次第。

氏の健筆をお祈りします。

〔2013年4月2日〕

落語・講談に見る「親孝行」

こういう題名の本が、いまNHK出版から発売中です。

著者は、明星大学准教授勝又基氏。私の金沢大学時代の教え子ですが、神田陽子講談教室では兄弟子になります。NHK第二放送で、今週の木曜日夜8時30分からのカルチャーラジオで放送されるシリーズのテキストです。

彼の一貫したテーマが「孝行」で、学会発表も学術論文もたくさんあります。私自身、何度も発表を聞きましたし、論文も読んでいますが、この本が、彼の研究を知るにはいちばんいいのではないでしょうか？

私は、金沢から東京に帰る飛行機の中で読み始めましたが、東京に着く前に読み終えました。今風に書くと、とてもリーダビリティが高く、かつまた、質的にも高い内容になっています。ともかく、例が豊富なので、読んでいて飽きません。

江戸時代、「孝」は儒教の大切な徳目でしたが、幕府や藩主達による孝道奨励がどんなふうに行われていたか、豊富な資料に基づいて、とてもわかりやすく書かれています。この、わかりやすく書いてある、というのがとても重要なところなのです。院生などであれば、内容的にきちんとしたものを書くことが先決ですが、ある程度の経験のある研究者の場合、しかも一般向けのこのような書籍の場合、どこまで、レベルを落とさずに、わかりやすく自分の研究してきたことを提示するかが、著者の実力を示すことになると思います。その点で、この本は、とてもよくできています。落語や講談の紹介も、マニアックにならずほどほどですし、黄表紙などの使い方も上手。鷗外や太宰など、近代文学の例も入っていて、このへんも、たぶん近代文学の研究者だと理屈っぽくなりそうなところを、上手に、その内容に即して解説しています。

個人的には、孝道奨励を目的とした「緑綬褒章」というのが制定されているが、それがいまは変質してきているという指摘、あるいは、孝行の町として売り出したいくつかの市町村が、いまどうなっているかの報告がおもしろかったです。

また、孝子として藩主や幕府からほめられた人の扱いは、いまのオリンピックの金メダリストと同じ（つまり村の誇りなんですね）、というのもとてもよくわかる話でした。孝子伝は、だから、いまのアスリートの伝記と同じものなわけですね。

そういえば今朝のニュースに、長嶋と松井に「国民栄誉賞」が授与されると出ていましたが、なにがこういう賞の対象になるかは、まさに時代を反映していると思います。それにしても、長嶋と松井、という組合せで、なんでいま、とは思いますけどね。

ともあれ、定価950円ですから、ぜひ書店で手に取ってみてください。ラジオは、「らじる・らじる」で、パソコンで聞けますし、「radika」を使って、録音も簡単にできます。

話すのが上手な人だから、講義も楽しみです。

身につまされる『夢を売る男』

〔2013年4月17日〕

本年度の本屋大賞を受賞した百田尚樹『海賊とよばれた男』は出光の創業者の伝記。文句なしのおもしろさ。受賞が発表される少し前から読み始めたので、受賞報道の時に「ああ、読んだよ」と言えなかったのが、ちょっとくやしい。

ところで、この本を、大田図書館で借りようとしたら、二〜三〇〇人の予約が入っていてびっくりした。私は早く読みたかったので、すぐにamazonで買ったが、これだけ待っても読みたいものなのでしょうか？

でも、書きたいのは、この本のことではなく、そのあとに出た同じ著者の『夢を売る男』（太田出版）の方。

自費出版会社の敏腕編集者が主人公。本を出したいと思っている一般の人から、甘言を弄して100万円・200万円を出させるというお話である。そのために、あやしげな文学賞をでっちあげ……、というふうにディテイルがくわしく描かれており、最後は、それなりに納得のいくオチもついているから、小説としてはそれなりの出来で、読んで損はしない（この著者のはだいたいそうです）。

ただ、私は、これを読みながら、とても身につまされたのデス。

この小説のうち、「甘言を弄して」とか、「あやしげな文学賞をでっちあげ」というような、倫理にかかわる部分を除いてしまうと、要は、一冊の本を出すために著者と合意のうえで、費用のある部分を負担する、ということになる。これって、我々と関係深い学術出版の世界とたいしてかわりないのではないか、と思えてしようがなかったのである。

我々の方は、その資金の出所がしばしば公的資金（科研の出版助成であるとか大学等の助成などなど）であったりする、というあたりに少し違いがある、という程度のことである。また、我々の場合、著書を持つことが研究者としての評価にかかわってくるわけだから、ある程度の費用を自分で負担しても、それはそれで必要な投資と納得することができる。だから自分で負担することも少なからずあるが、そこでトラブルが起きることはあまりない。だから、このような小説の材料にはならないわけだが……。

でも、やっぱり、この本を読んだあとで、この小説の会社と、学術系出版社のやっていることと、どうちがうのだろうか、と考えざるをえなかった。むずかしくいってしまえば、資本主義の構造のなかに組み込まれない出版物をどのように刊行していくか、ということになるが、それを個人の負担や公的な資金による援助だけで出していくことにどんな意味があるのだろうか？

「文化」とか「学術」への「幻想」が存在する限り、いまのかたちはなんとか続いていくのだろうが、少なくともその「幻想」の総量は20年前よりは減少している。とすれば、その「幻想」を増やすための努力に多くのエネルギーを注ぐべきなのだろうか？

それとも、今後ますます減少していくであろうことを踏まえたうえで、学術出版自体のシステムを再構築していく方向に考えをすすめるべきなのか？

利益ということさえ考えなければ、電子出版という方法は、学術出版物としては、非常に適切なあり方だと思うのだが、ということは、国が電子出版省みたいのを作って、やっていけばいいということになるのかな？

そうなると、またいろんな利権が絡んできて、我々のような世界は、いちばん後回しになってしまうにちがいないが……。

教室の意見

〔2013年12月31日〕

あまり専門の関係のことは書かないブログだが、今年最後なので、久しぶりにその話題で書く。

一連の西鶴研究関連の話題は、笠間書院の「リポート笠間」55号掲載の、飯倉洋一「西鶴読解の壁――「ワークショップ　西鶴をどう読むか」報告を兼ねて」のまとめでおおよそのことがわかる。下記でも読める。

http://kasamashoin.jp/2013/12/55_4.html〔このURLは現在無効〕

そのなかに、こんな一節がある。

篠原進は、研究者の議論が厳密を期すあまり、教室という現場と絶望的に乖離してしまったことへの自覚を促し、浜田泰彦が教室で自説を示したことに関わって、学生の読みの芽を摘んでいることはないかと迫った。

東京での西鶴研究会のときにも、篠原氏は、教室での学生から出された意見、というか読み方を尊重すべきだ、というようなことをいっていたと思う。しかし、学生の意見だからといって、それが見当違いのものであれば、丁寧に批判すべきなのは教師として当然なすべき仕事であろう。また、研究者としての厳密な議論（というのが具体的にどういう読み方をさしているのかよくわからないが）が、教室という場と乖離していると感じるのなら、そうでなくする努力をするしかない。

このあたりの姿勢が、わたくしには、いちばんわからないところであり、一番気になるところでもある。

この話題に関して、前にここで紹介した石原千秋の『漱石はどう読まれてきたか』のなかの、以下のような一節は参考になるのではないだろうか。

　先日、小さな学会のシンポジウムにパネリストとして参加した。テーマは「『こころ』を再読する」だった。パネリストの一人は高校での授業の実践報告をした。そして、生徒の一人が「先生と青年は前世では兄弟だったと思う」と主張して譲らなかったと報告した。私はどう対応したのかを知りたかったので、さらに突っ込んで聞いてみた。「あくまで生徒の「意見表明」として、個別に対応して受け入れた」ということだった。私は「それでは国語の授業にはならない」と、以下のような意見を述べた。

「自由に読むこと」と「無茶苦茶に読むこと」は違う。もちろん、「無茶苦茶に読むこと」を読書の楽しみとして否定はしない。それにはなんの根拠もいらない。想像力を思いっきり羽ばたかせればいい。しかし、国語における読書は「無茶苦茶に読むこと」ではいけない。何らかの根拠を、たとえ根拠の痕跡であっても、小説の表現から示さなければならない。そしてその根拠から作り上げた「読み」を表明し、人を説得しなければならない。そこまでが、国語における「自由に読むこと」である。先の生徒は「無茶苦茶に読んだ」のだ。しかし、これには厳密な線引きはできない。

この石原氏の態度に、私は、全面的に賛成である。研究者としては、「自由に読むこと」と「無茶苦茶に読むこと」の区別をきちんとしなければならないし、その違いをわからせる努力を放棄してはならないはずである。

もうひとつつけ加えておけば、「無茶苦茶に読」んだのではない、「自由に読」んだ結果のなかにも、「すぐれた読み」と「凡庸な読み」の区別があることも心得ておくべきであろう。「自由に読む」ということ、は、もちろん、「いろんな読みがあっていい」ということであるが、同時に、その結果として出されたそれぞれの読みが、並列的に存在するのではない、ということも心得ておくべきである。

すこし具体的にいえば、ただあらすじを解説しているだけの、「読み」ともいえないものから、ふつうに読めばだれでも浮かんでくるような読み方（以上を称して「感想文」という）にはじまり、いままで気づかなかったところに気づかせてくれるすぐれた読み方、かなりトリッキーだが、とてもおもしろいと感じさせる読み方、に至るまでさまざまのレベルがある。どれをよしとするかは、もちろん、ある部分までは研究者個人の好みに属しているが、それでも、自分の判断の80パーセントまでは、同学の研究者と意見を同じくするはずだ、という自信がなければ、この商売はやっていけない。

その判断を的確に行い、論理的に説明するのが、研究者の仕事であり、もし、学生が教室で、そういうおもしろい読みにつながるような意見を出した場合は、積極的に評価すべきである。そうでない場合は、どこが駄目なのかを丁寧に（＝論理的に）説明すべきなのである。

何度も書くが、自由に読むことは、異なる読みを並べていくことではない。さまざまに試みられた「読み」の結果に対して、あるべきと思う「読み」を選別していく、あるいは、それを求めてさらなる試みを続けていくこと、と一体でなければならないのである。

いささか理屈ばかり書いてきたが、以上のことを、『雨月物語』の研究史を踏まえつつ、学部学生あたりにもわかりやすく書いてみたいものだと思っている。

〔2014年9月12日〕

直木賞作家黒川博行

ちょっと前の話題になってしまうが、7月に発表のあった今年上半期の直木賞が黒川博行というのを聞いて、とても懐かしかった。

というのは、この人のギャンブルエッセイが好きで、よく読んでいたのを思い出したからだ。麻雀仲間には、いまは亡き女流作家、鷺沢萠もよく登場していた。コテコテの大阪弁の会話がおもしろかったという印象があるが、直木賞受賞記事の紹介欄を読んでいたら、警察小説・ハードボイルド小説がいくつもあるらしい。

で、急いで近所の図書館で探したが、こういう話題の作家の本は貸し出し中が多く、ようやく、文庫版の「悪果」（これも直木賞候補になっている警察小説）を借りることができた。目下、通勤時に読んでいるが、ずっと会話で進んでいくのが楽しい。電車の中で思わず吹き出しそうになったのが、以下の場面。

堀内という刑事は、暴力団担当のチョイワル刑事。相棒の伊達は、デブの武闘派。彼らは、ヤクザがかなり大がかりな賭場を開帳しているという情報を仕入れ、事前に丹念に調査した後、これから現場に踏み込もうとしている。応援に来た、若い頼りにならない警官・川崎（同志社大学文学部卒で、「地方公務員はリストラがないから、警官になった」というやりとりがその前にある）と、会話を繰り返すが、その極めつけのシーン。

一時三十五分、K組の応援捜査員から連絡が入った。グレープ（注：賭博が開かれているカラオケ店の名前）の出入口付近に見張りはいないという。佐伯以下、七人の捜査員は行動を開始した。歩いてグレープに向かう。

「なんかしらん、膝がギクシャクしますわ」

川崎が話しかけてきた。

「こんなに緊張したんは、警察学校の射撃訓練以来です」

「拳銃を撃ったんはそのときが初めてか」

近ごろは済州島やフィリピンまで飛んで銃を撃つマニアがいる。

「あれ、なかなか当たらんもんですね」

「成績はどうやった」

「からっきしでした。三十六人中の三十三番でしたかね」

「ひどいな。ほとんど標的を外したんやろ」

「自分は近視と乱視ですねん」

「眼鏡、かけんのか」

「コンタクトです」

川崎は堀内の前にまわって眼をしばたたいた。この男はやはり変わっている。同志社大学を出たというから、ＩＱは人並みにあるはずだが。

「文学部でなにを専攻したんや」

「塙保己一です」

「なんや、それ」

「『群書類従』です」

「あ、そう……」

ガサ入れの前にわけの分からないことを訊いてしまった。

こういう場面に、「塙保己一」の名を出して、笑いを取るセンスは、さすが黒川博行、と感心した次第であります。

〔2014年10月23日〕

落語の本を読んでいます

毎月、楽しみに出かけている地元の寄席「下丸子らくご倶楽部」で、この4月からレギュラーになった桃月庵白酒さんの本を図書館で見つけ、一日くらいで読了しました。

『白酒ひとり壺中の天』（白夜書房　落語ファン倶楽部新書　2013年9月）

（この本、アマゾンには出ていませんでしたね……）

鹿児島の高校野球少年が、早稲田大学に入り、ふと入った落語研究会（顧問は興津先生だったらしい）で、グータラな学生生活を送るうち、たまたま落語会で聴いた五街道雲助師に惚れ込み、その最初の弟子となり、そして……という半生記が、リアリティをもって語られている本です。

実を言うと、白酒さんが惚れ込んだ五街道雲助師匠は、私はちょっと苦手な落語家なのです。雲助師の師匠である先代金原亭馬生は、私の大好きな落語家のひとりだし、また、そのお弟子さんである白酒さんは、下丸子らくご倶楽部のレギュラー四人のうちで、いちばんの贔屓にしている方です。なによりもその声が好きです。6月の近世文学会の催しに来ていただいた隅田川馬石さんは、弟弟子にあたる若手本格派で、この方も、とてもいい落語家ですよね。だから、まわりの人はみんな好きなのだけど、どうも、雲助師だけは、私はちょっと、なのです。

そういうことがあったので、この本のなかで、若き日の白酒さんが、この師匠に惚れ込み（その魅力も詳しく書いてありました）、ぜひとも弟子になろうと考えるあたり、なるほど、人それぞれだなあ、とちょっと感心した次第。

そのあと、これも下丸子レギュラーの林家彦いちさんの『いただき人生訓』や『楽屋顔――噺家・彦いちが撮った、高座の裏側――』なども読了。こちらは、楽屋で聞いた話という趣で、けっこう、フリートークの時や落語のマクラに使ったりしているような気がします。

いまでもおぼえているのは、先代馬生師匠の楽屋での次のような話。

この間、ものすごく腹が減ったまま山手線に乗っていたら「ご飯だ！　ご飯だ！」とアナウンスするので、え、と思って、よく聞いたら、五反田に着いたのだった罪がなくていいですよね。

白酒さん、彦いちさんのあと、さらに、柳家喬太郎さんの『落語こてんパン』『落語こてんコテン』も読みました。ポプラ社から出ているので、子供向けかなと思いましたが、そんなことはありませんでした(今は、ちくま文庫に入っているようです)。

落語の演目解説本というおもむきですが、おもしろいのは、自分にひきつけて書いてある部分。これは、自分には合わないのでネタにはしていないとか、これは、師匠(さん喬師)から前座の時に教わったとか、いろいろ書いてあります。師匠以外からもならっている例がずいぶんあり、ああ、自分の演目を増やすというのは、こういうふうにするのだな、というのがよくわかります。

ただ、大原則は、誰に教わってもいいけど、誰に習ったかがはっきりしていないと、自分のネタにしてはいけない、ということなんですね。

いまの時節、そういう手間をかけずに、市販のCDやDVDなどで、勝手に覚えようとすれば、いくらもできるわけです。素人ならそれでもかまわないのですが、プロだと、すくなくとも、現存する誰かがやっている噺であれば、必ずその師匠にお願いして教わったうえで、そのあとは自由に自分のやりやすいように変えていってもかまわない、ということらしいのですね。

以前、米朝師大好きの友人が、文珍師匠の「はてなの茶碗」を聞いて、マクラのくすぐりが同じだ、と非難していたのを思い出しますが、これは、たぶん、文珍さんが、米朝師匠に教わったからと考えれば、特に問題にはならないはずですね。

もっとも、七、八年前、金沢に来られた落語家の方に話をうかがったとき、ある高名な落語家の方を名ざしで、あの人はＣＤから勝手に覚えてネタをやっている、と非難していたのを覚えていますが……（どちらも好きな方なので、名前は出しませせん……）。

ただ、これらの本では、すべて、自分の師匠については、基本的に悪口を書いてありません。そういうものだと思っていたのですが、快楽亭ブラック『立川談志の正体――愛憎相克的落語家師弟論』（彩流社、２０１２年）には、辟易してしまい、最後まで読めませんでした。かなりウラミツラミがあるのはわかりますが、こう、芸もなく、モロに書かれてもねえ……。

カブキブ！　という小説

〔2015年6月14日〕

たまたま図書館でみつけた小説です。分類すれば、部活系ライトノベルズというくくりになるのでしょうか（このところ、時代小説ばかり読んでいましたが、こういうのも好きです）。作者は榎田ユウリという人。

金沢へ行くときの汽車の中で読むためにと思って持参したのですが、歌舞伎入門としても、とてもよくできている小説なので、とても感心しました。

いまの若者向け小説ですから登場人物のキャラクターの作り方は、とてもマンガ的。つまり、

情報検索にやたらたけている無口な男の子。

コスチュームづくりでは、ネットで「神様」とよばれている、オタク系女子。

演劇部のスターである、宝塚男役系の女子。

日本舞踊の名取である、オネエ系キャラの男子。

で、狂言回しになるのは、職員室で、白浪五人男のセリフをとうとうとまくした

てしまうような歌舞伎に熱中している高校生。

こういうメンバーが集まって、歌舞伎同好会を立ち上げ、8月末の地域の老人会で、「三人吉三」を上演するまでが第1巻のお話。3巻まであるようですが、2巻以降はこれから読むところです。

作者の、歌舞伎を楽しむ、という姿勢は徹底していて、最初のところに、「歌舞伎」ってなんですか、という問いがあり、その裏の頁に、文学辞典などによくある、歌舞伎のはじまりから、団十郎や藤十郎の解説ふうの文章が印刷されていて、その上に、思い切り×がつけられています。

再度、ページをめくると、

「江戸っ子たちが、めちゃめちゃハマったライブ。ラブあり、不倫あり、女装男子あり。

（中略）じつは、今でも面白い。」

という説明が付されている、という次第です。

本文にも、歌舞伎をいくらDVDで見てもよさはわからない、というような説明がいっぱいでてきます。その面では、歌舞伎鑑賞のための情報案内小説というおもむきもあるわけですが、その役割は充分に果していると思います。

梨園の御曹子が同じ高校にいて、彼らのカブキ部設立運動にはとてもひややかに反応するが、さて……、というのが第1巻の読みどころになっています。

で、彼のお祖父さんが、人間国宝の大名題で、彼に指導しつつ、熱心に練習していることをほめながら、しかし、役者としては、人間として経験が大切だから、というような話をする（実は、彼の父親は、30代までは御曹子として順調に役者の道を歩みながら、30代半ばで心の病気になり、結局廃業してしまった、という設定になっています。具体的なモデルがあるのかな？）ところが、あとあとの展開に深く関係していきそうななりゆきです。

こういうふうに、情報をうまく織り交ぜながら、上手に、歌舞伎の楽しさを伝える小説になっています。

同好会ができて、はじめて見に行くのが「寺子屋」で、観たあと、彼らがいろいろと感想を話し合うところは、とても参考になります。去年、実は、授業で、文楽の「寺子屋」をみせて、レポートを出させたのですが、この小説を知っていたら、ぜひ読んでおけと言ったのになあ、と思います。

いまは、こういう、ライトノベルズやマンガなどにある情報を、我々は、うまく利用していかないといけないとつくづく思います。その点に関する限り、活字の入門書は、あきらかに、負けていると思いますね。

おもしろい連載とおもしろくない連載

〔2015年8月2日〕

自宅で取っている東京新聞の夕刊で、毎日かかさずに読んでいるのは匿名コラムの「大波小波」。これは古い歴史のあるコラムで、このために東京新聞を取る、という文学愛好家も多いのではないかと思う。

あと、1面下（ときどき2面下になる）の連載「わが道」もよく読む。いまは、有森裕子や高橋尚子を育てた小出監督の自伝で、かけっこ大好きのワルガキ少年が、高校生になるあたり。楽しみに毎日読んでいます。

その前はチューリップの財津和夫。前半はおもしろかったが、後半は、そんなに熱心に読まなかった。

これまでのでよく覚えているのは、小椋佳のもの。また、プロボウラー中山律子のもおもしろかった。

他にこの新聞の夕刊に載る連載では、「大波小波」の載る頁の下の方にあるのもあるが、これはかなり当たり外れがある。

最近のでは、編集者松田哲夫のが、抜群におもしろかった。つい最近亡くなった鶴見俊輔が、いかにすぐれたアンソロジストであるかを教えてくれる連載であった。大学時代に全巻買った筑摩書房の『現代漫画』は、この二人の仕事だったのですね。このシリーズを、高専の学生に貸してあげたら、数日でぼろぼろになってしまったので、回収せず捨ててしまった記憶がある。手塚治虫・白土三平・石ノ森章太郎などの巻だと思うが、やはり作品の選び方がよかったのでしょうね。

映画プロデューサー升本喜年氏の連載もこの欄だったと記憶する。この連載ではないが、別の本を図書館で見つけて読んだものだ。

で、抜群におもしろくなかったのが、ついこのあいだ終わったばかりの、若い作家が作品をひとつずつ選んで書いていたシリーズ。

特に円城塔のはヒドイ。

一回目は『源氏物語』だったが、原文を読めないいんだったら、書かなければいいのに。虎の巻だとよくわかるだなんて、そんなことを読者は期待していないと思う。

漱石もそんなによく読んでいないようだし、太宰については、「昔から苦手だった」というふうに書きはじめるのは、どういう神経なんだろう。

教科書に出てくるような名作ばかり取り上げていたけれど、この人、ほんとうは、日本文学好きではないんじゃないの、というようなひどい内容の紹介文ばかりだった。このごろの若い作家は、なんて書くと、迷惑する人もいるだろうけど、ほんとに芸のない文章を書くとおもわざるをえなかった。

かつて、大岡昇平が「坊っちゃん」を大絶賛して、たぶん、それはいまでも解説などで引き合いに出されるはずだし、安岡章太郎が江藤淳の『夏目漱石』の書評だか何かで、「帰ってきた退屈」という一文を書いていた（自分は漱石は退屈で好きではなかったが、後輩江藤淳のこの評論のせいで漱石がブームになって、というような書き方であった。漱石があまり好きでないことと、その評論文がすぐれていることとをあわせて伝える、みごとな文章芸であった）というのを引き合いに出してみても、なんか空しい気がする。

まあ、これからの連載に期待しましょう。

〔2017年1月22日一部修正〕

【映画】

「ものすごくうるさくて、ありえないほど近い」

〔2012年3月〕

（原題の「Extremely Loud & Incredibly Close」の方がたぶん覚えやすいと思う）。

これはよかった。

アカデミー賞はひとつもとれなかったが、最近見たなかでは、ダントツの一位です。

9・11で亡くなった父親の死を、家族がどのようにして受け容れたか、ということを描いているわけだが、これは、いまの日本には他人事ではない、とても切実なテーマである。それをおしつけがましくなく、とても説得力のあるかたちで映画にしていた。

最後、ちょっとだけ泣いたが、別にそれを強要するような作り方はしていない。子ども向けの映画の多いハリウッド映画の中で、ひさしぶりにちゃんとしたのを見た、という感じ。たぶん、原作がいいのだろうと思われたので、翻訳小説は苦手なヒトなのに、めずらしく、原作も買って読んでしまいましたよ。

読み比べると、原作の方が当然のことながら、かなり複雑になっていて（特に第二次大戦のドイツでユダヤ人迫害を経験した祖父母に関する部分がかなり長い）、映画の方は、そのへんをうまく切り落としつつ、上手に作っていることがよくわかる。

この映画に重みを与えていたのは、男の子のお爺さん役の俳優（Max von Sydow、スウェーデンの有名な俳優らしいです）。ひとこともしゃべらないのに、とてもいい味を出していた。

金沢に行ったときに見て、とても感心し、再度、家内を誘って、渋谷でも見たのデス。そのくらいに感心しました。

〔2013年2月〕

「ストロベリーナイト」

これはまだ公開中のはず。おもしろかったですよ。

いまの警察もの（ドラマでも小説でも）では、捜査現場が、上のキャリア組と対立する、というのが基本的枠組みになっているわけだが（湾岸署の青島刑事とギバちゃんの関係はその前提があってはじめて意味のある設定になるわけです）、これもその王道をいくもの。

竹内結子演ずる姫川警部が、退職間際のキャリア組である三浦友和の十年前の失敗をかくすために真犯人を逃がそうとする上層部に徹底的に抵抗し、それに周囲がいろいろのかたちで協力する、というのが基本。

ただし、話が二転三転していくので、なかなか結末が読めず、最後まで目が離せなかった。

ただ、シリーズ物らしいので、姫川の過去とか、そのチームのメンバーのキャラクター設定などを呑み込んでいると、もっとおもしろいのだろうと思われる部分がいくつかあった。つまり、その点が単独の映画としては説明不足ということデス。

それで、テレビシリーズをチェックするため近所のTSUTAYAに行ってみたのだが、みごとにすべて貸し出し中でありました。まあ、そのうち、見られるでしょうけど。

〔2013年8月〕

「藁の楯」

もう公開は終わっていると思うが、「藁の楯」という映画はとてもおもしろかった。文句なしに楽しむことができる映画であった。あとで、原作の文庫本も読んでみたが、たぶん、映画の方がおもしろくできているのではないかと思う。

おおざっぱにいえば、孫を殺人鬼に無惨に殺された大富豪が、この殺人鬼を殺した者には10億円の懸賞金を出す、と宣言（すべての新聞に広告を出す）したところから始まり、その殺人鬼は、逃亡先の九州の警察に保護を求めて自首する。その護送を命じられた警官たちは、任務を遂行するのが正しいのか、殺してしまった方がいいのか悩みつつ、警察官も含むこの殺人犯を狙ったテロリストたちから、彼を守りつつ、話は進行していく……。

結末は、DVDになったときに確認してもらいたいが、最後までどうなるのかわからず、はらはらしながら見終えた。

刑事役の大沢たかおはなかなかよかったが、悪党の藤原竜也に関しては、ちょっと留保しておきたい。

というのは、同じ監督の「13人の刺客」をとても感心して観たことがあり、それは一《いつ》にかかって、悪党である殿様役の稲垣吾郎の演技に感心したからに他ならない。

彼の、なかば狂気の入った感じというのは、いまでも忘れることができない。
以下は、ツタヤの宅配レンタルサイトの他の人の感想があまりにひどかったので、少々憤りを覚えて投稿したものです。

なによりも、稲垣吾郎演ずる殿様がすばらしい。ほとんど狂っているというしかない自分の性《さが》を自覚しつつ、しかし、その自分をどうにもできないまま悪行を繰り返し、破滅に向かって突き進む姿には戦慄を覚える。役所広司以下の演技陣も充実していて、二時間を超える映画だが、全く退屈しない。
見終わったあと、もとの東映のモノクロ版を見たが、リメイクであるこちらの方がはるかに魅力的であると思う。人情映画的要素の多い昨今の時代劇の中では、出色のアクション映画。

つまり、この稲垣吾郎にくらべると、藤原竜也の悪党ぶりには、まだ甘さがある、といいたいのである。そこが、若干の減点にはなるわけだが、二つの映画を見比べてみると、構造はとてもよく似ていることがわかる。

両者ともに、悪人がまさに救いようのない悪人であり、殺されて当然という存在である点がまず共通する。

「13人の刺客」の場合、悪人の側は藩主であり、その権威でもって、彼を守ろうとする強力な護衛軍が組織され、それと密命を帯びた13人の刺客たちの死闘が展開される、というふうになっている。

「藁の楯」では、藩主の護衛軍にあたるのが警察組織で、法治国家のメンツをかけて、死刑囚を懸賞金殺人から守り、裁判によって死刑にする、という任務遂行のために、大沢たかお等が派遣され、九州から東京まで護送するのである。

かつまた、この死刑囚は、幼児殺害を繰り返す殺人鬼であり、しかも、10億円の懸賞金がかけられているために、すべての国民が彼を狙うテロリストの可能性をもつことになる。

護送チームの中にも、実は、……というふうに書いてしまうと、ネタばれになってしまうのでこれ以上書かないが、文句なしに楽しむことのできる映画であった。

「バクダッドカフェ」（ディレクターズカット版）（下丸子プラザ）〔2014年1月23日〕

「バクダッドカフェ」（ディレクターズカット版）が上映されるというので、見にいった。家内が、仕事がちょっと一段落したので映画でも、というので、「永遠の0」かなと思ったが、私は金沢に行ったとき見ていたし、おもしろい映画だったが、二度見たいとまでは思わない（それにしても、原作を読んでおり、おもしろかったという印象はたしかにあるのに、結末をまったく覚えていなかったのは、我ながらあきれた。まあ、そのほうがよけいおもしろく見られましたけどね）ので、こちらにしたという次第。

整理券だけでいいのですよ。

前回、12月にあった「歓喜の歌」のときは、500名くらいはいれる会場がいっぱいになったというが、今回はそんなこともなかった。

ドイツはミュンヘン郊外、ローゼンハイムからの旅行者ジャスミンは、アメリカ旅行中に夫と喧嘩をし車を降りてしまう。彼女は重いトランクを提げて歩き続け、モハーヴェ砂漠の中にあるさびれたモーテル兼カフェ兼ガソリンスタンド「バグダッド・カフェ」にやっとの思いでたどり着く。いつも不機嫌な女主人のブレンダ他、変わり者ばかりが集う「バグダッド・カフェ」。いつも気だるいムードが漂う中、ジャスミンが現れてから皆の心は癒されはじめる。あの不機嫌なブレンダさえも。そして二人はいつしか離れがたい思いに結ばれていくのだが……。

上記は、wikipediaにあった映画紹介をコピペしたもの。でも、これだけ読んでも映画のよさは伝わらないと思う。有名な主題歌「コーリング・ユー」がしょっちゅう流れていることにも、今回改めて気がついた。

それはともかく、たぶん、以前にＤＶＤでみたことがあると思うが、これはオリジナルの公開版だったと思う。

今回のディレクターズカット版というのは、結末部分がやたらにくどい。さびれたドライブインに客が来るようになる、というきっかけのひとつとして「手品」があるわけだが、今回のディレクターズカット版では、その様子をやたらに強調していた。「手品」は要素の一つに過ぎず、映画としてはなんら本質的なものではないはずなのだが……。

オリジナル版はもっとあっさり終っていて、それがとてもいい余韻を残していたと思う。

これは明らかな、悪いいじり方だと思う。

映画は監督のものだが、初版を訂正したものが必ずよくなるか、というと、必ずしもそうではないという、これは典型的な例ですね。

なぜか、この変更がとても気になり、この映画を見たあと、何人かの人に話したのだが、これは、結局、私の長年の研究テーマである『春雨物語』でも同じような問題があり、そのことにずっとかかわりつつ判断に迷っていたからなのですね。

最近、作者の最終的な判断に従うことはないのだというふうに、ふっきれるようになった。

いま、そういう問題であったのだ、ということに、書いていて、やっと気づきました。

「バンクーバーの朝日」

〔2015年1月29日〕

映画「バンクーバーの朝日」には失望した。

先週、金沢に行ったとき、まだ上映していたので、勇躍、見に行ったのであるが、最後まで、盛り上がらないままに終わってしまった。

脚本のせいなのか、監督のせいなのか？

なぜ、野球のシーンをもっとやらないのだろう？

バントと足でかき回す野球だ、といったって、全員がバントするショットをつらねればいいというものではない。バントをどこにねらってするかだって、甲子園の高校野球をみていれば、いろいろ作戦があることはわかる。当然、スクイズみたいなこともあるし、これだと、よけいにかけひきがおもしろい。

脚本は女性（奥寺佐渡子、この人の脚本では「しゃべれどもしゃべれども」はよかったけどね）だったので、もしかしたら野球をしたことがないのではないか。

また、女優陣も、宮崎あおいとか貫地谷しほり、若手の高畑充希など達者な人が出ているのに、高畑充希以外は、全く活躍の場所がない。

また、試合に勝ったときも、妻夫木聡は、とびはねたりしない。ベタを嫌ったのかもしれないが、それにしても、もうちょっと喜んだら、と思う。

野球ではなく、日系移民のことを描きたかったのかもしれないが、それにしても、野球チームのことが軸になっているのだから、もうすこし野球自体を大切に扱ってほしいと思った。

口直しに、東京に帰ってから、「激戦 ハート・オブ・ファイト」という、総合格闘技がテーマの香港＝中国映画と、「アゲイン 28年目の甲子園」をみたが、どちらも文句なくおもしろかった。

「アゲイン 28年目の甲子園」なんかは、ベタのきわみというべき内容だが、それをきっちりやられると、やはり、ちょっと感動してしまう。また、和久井映見が、大事な役をしっかりつとめていて感心した。


「天才スピヴェット」

〔2015年1月29日〕

2014年に見た映画で、個人的にベスト1にしたいのは（これは東京で見た）「天才スピヴェット」である。

この映画を見たあと、「スタンド・バイ・ミー」という映画を思い出した。

家族（父・母・姉）にとって心の傷になっているスピヴェットの双子の弟（拳銃暴発事故で死んだ）が重要な存在になっているのだが、「スタンド・バイ・ミー」の語り手（リチャード・ドレイファス）である、のちに作家になった少年にも、両親に愛されていたが事故で亡くなった兄がいる。その存在に家族は皆とらわれていて、喪失感をかかえている。友人三人との小旅行のなかで、そのことを告白し、それをはげますのが、その親友役を演じたリバー・フェニックスである。映画の印象は全く異なるが（こまごましたギャグや、ニューヨークへ行く旅での出来事などは、とてもうまく作ってある）、映画自体の構造としては、とてもよく似たものがあるという印象を受けた。

どういうわけか3Dだったので、普段見るよりも値段は高かったが、久しぶりにいい映画を見たという感じで、とても満足した。

上映館が少なく、あまり話題にならなかったように思うが、興味のある人は、ぜひＤＶＤなどがでたときに見てほしいと思う。

〔２０１５年1月30日〕

「グレン・ミラー物語」（下丸子市民プラザ）

1月28日の夜に、よく行く下丸子の市民プラザで「グレン・ミラー物語」の上映会があったので、家内と二人で出かけた。

このところ、家内はなにかと忙がしく、いっしょに映画を見たのは、「ジャージー・ボーイズ」以来。

スクリーンでもビデオでも何度も見ている映画だが、やはり、何度見てもいい。

ビデオレンタル店ができはじめたころ、はじめて借りたのがこの映画で、この頃は、一本借りるのに千円以上したと思う。

また、同僚に、一番好きな映画は？と聞かれて、この映画だと答えたこともある。

そのくらいに好きな映画。

ＴＳＵＴＡＹＡなどに行けば簡単に見つかると思うが、やはり大画面で見たい。

下丸子で見た映画は、ここに書いたのでは「バグダッド・カフェ」がそうだが（調べたら、ちょうど一年前のこと）、このときは、定員500人（会場自体のキャパシティは800くらい）のところ、300くらいだったと思う。

ところが、この日は、開場の午後6時少し前に行ったら、もう整理券の番号は350くらいになっていた（整理券配布は5時から）。

最終的に、会場の席は9割くらい埋っていた感じで、500以上、700くらい入っていたような感じだった。やはり、みんな知っているんですね。

一口に言えば、音楽家の伝記映画だが、音楽の使い方がとてもうまい。音楽自体もわかりやすいしね。また、ニューヨークのジャズ・クラブのシーンで、サッチモやジーン・クルーパをはじめ、当時のジャズ・ミュージシャンがゲスト出演し、ジャム・セッションしているのも楽しい。サッチモの「ベイズン・ストリート・ブルース」にはしびれます。

私たちのように夫婦づれで来ている観客も多く（まさに夫婦愛の物語だからね。結末はちょっとつらいが）、隣の同じような年輩の男の人は、最後で、泣いていたみたい……。

演奏シーンでは、なんといっても、爆撃下の「イン・ザ・ムード」だが、モダネアーズをバックに女性歌手（名前は忘れましたが、きれいな人）が歌う、「チャタヌガ・チューチュー」も楽しいし、踊りをバックに演奏している「タキシード・ジャンクション」は、マンハッタン・トランスファーがこの編曲のまま歌っていたよなあ、などと思ったりして、最後まで、あきることがなかった。

やはり、私にとって、ベスト映画の一つ（他にもありそうだから、ひとつに決めないことにした）だなと、確認した日でありました。

〔2015年3月〕

「ちはやふる 上の句」（イオンシネマ金沢フォーラス）

コミックを原作とする青春映画。

かるた部がテーマになっているので、コミックも、実は買い込んである。が、数巻まで読んだところで止まったままになっている（この種の若者向けのコミックは、私には、活字の小説を読むよりも時間がかかるので、ちょっと苦手）。

映画としては、とてもよくできている。

「海街 Diary」の三女役で強い印象を与えた広瀬すずという女優が主人公で、彼女の表情がとてもいきいきととらえられている。まさに、いまが旬の女優をみているという感じがした。また、呉服屋の娘の国文学女子（上白石萌音）もなかなかおもしろいキャラクター。カルタ部の五人が、それぞれに際立っていて、学園部活ものとしても、楽しくしあがっている。

表題になっている業平の和歌の解釈は、このブログの2014年1月15日の項〔編集部注──本書未収〕に書いた「まんが百人一首」と同じで、紅葉の「からくれない」の色を、二条后との若き日の恋の暗示とよむもの。いまの若い人には、こちらの方がふつうの解釈になっているのかもしれない。

他にも、「もろともにあはれと思へ山桜花よりほかに知る人もなし」を、ストーリーとからませて、とてもおもしろい解釈をしていた。

国文科の学生には、ぜひ観るようすすめることにしましょう。

〔2016年5月22日〕

「ちはやふる　下の句」（イオンシネマ金沢フォーラス）

とびっきり上手なクイーンというのが新しく登場してくるが、全体としては、既視感に溢れている。

上の句だけで充分。下の句をわざわざ観ることはありません。

〔2015年8月6日〕

「人生スイッチ」

昨日、渋谷の「シネマライズ」という映画館で、「人生スイッチ」という映画を見た。アルゼンチン映画、6編のオムニバス、ちょっといじわるな映画、くらいが事前の知識だったが、いやあ、おもしろかったですよ。

ミニシアター系になるようで、東京都内でも、いま上映しているのは4館だけ。極上の短編小説の味わいで、最近、こういう感じのは見たことがなかったなあ、と思います。

第1話（約10分）だけ、ネタばれになってしまいますが、覚えている範囲ですこしくわしく書いてみますね。

まず、妙齢の女性が飛行機のチケットカウンターで、チケットを出しながら、「会社が買ってくれたチケットだとマイレージは付くのかしら」

と係員に聞いている。

「付きません」

という返事で、

「しょうがないわね」といいつつ、シーンは機内に移る。

機内は割合に空席が目立っている。

彼女が、荷物を上にあげるのに苦労していると、隣席の男性が手伝い、それをきっかけに話が始まる。

男性が、

「自分は音楽評論家だ、それもクラシック関係だ」

と自己紹介したので、女性が、

「実は私の元カレが作曲家で」

という話になる。

「名前は」

と聞かれて答えると、音楽評論家は、

「実は、その人の作品を酷評したことがあるんだ」

と話し出す。

「奇遇だね」

と言いつつ、

「でもあのとき応募してきたカレの作品はひどいなんてもんじゃなかった」

などと話していると、前の席の婦人が立ち上がり、

「知っている人の名前が話題になっていたので、つい口をはさみたくなって」

と話に割り込んでくる。

「私は、その人の小学校時代、担任だったの。ほんとうに問題のある子でね」

と話しだす。

そうやって、いま機内にいる人はキャビンアテンダントを含め全員が、その人物の知り合い、というより、過去において、その人物に恨まれてもしようのない関係を持ったことがある人たちだ、ということが判明する。しかも、彼らへのチケットは、差出人不明で送られてきたものだということもわかる。

やがて飛行機が揺れはじめ、「操縦席が乗っ取られていて、入れない」という報告が入る。

精神科医が、コックピットの入口の戸をたたいて、

「君が悪いんじゃないんだ。君がそうなったのは、ご両親の育て方に問題があったんだ」と、わめいている……。

と、画面は、ある郊外住宅に。

老夫婦が、庭に出て、ガーデニングをしている。

その背面に、一台の飛行機が見えてきて、だんだんと大きくなってくる。

そして、まさにその老夫婦目がけて、飛行機が突っ込んできたところで、終り。


これがいちばん短い最初の話。最後のは、少し長くて30分くらいあったかな。ともかく、オチが読めず、わかると、なるほどね、そうきましたか、とにんまりすることの連続でした。見たあと、久しぶりに家内とあれこれ、しかけについて話したものです。

人生の苦味を知る、大人の方におすすめです。

「山猫」（恵比寿ガーデンシネマ）　〔2016年5月〕

いま、恵比寿ガーデンシネマで、ビスコンテイの特集をやっている。

「山猫」の4K修復版、187分（ほぼ三時間を超える！）とデジタル修復版「ルードウィヒ」237分（ほぼ四時間！）の大作二本である。割引は一切なし。全員一八〇〇円という料金設定である。

ビスコンテイは「ベニスに死す」しか観たことはなく、いままでは、あまり関心のない監督であった。しかし、予告編をみて、あまりの画面の素晴らしさに、どうしても観たくなり、まずは、今週の月曜日（25日）の午後に、「山猫」を観に出かけた。我々と同じような年代の観客で、客席は、かなりいっぱいであった。

この映画に関しては、解説的な情報は、ほぼ無意味。

前半、午前中、授業をしてきたせいもあって、ちょっと居眠りしたところがあり、アラン・ドロンが、戦争で怪我をし眼帯をするようになったいきさつなど、よく呑み込めないところがあった。

でも、そんなことはどうでもよろしい。

後半の、邸宅内の部屋をアラン・ドロンとクラウディア・カルディナーレが歩き回るあたりの本物感からはじまり、それに続く、約一時間くらいの舞踏会シーンに完全に圧倒された。

衣装も調度品もすべて、かつての貴族とはこういうふうであったろうと思われる実質に満ちている。体調の悪いバート・ランカスターが水を飲むシーンで使ったカットグラスの素晴らしさ（プラハに半年いたから、ボヘミアグラスはよく見たので、この種のものの中ではいくらか関心がある方）には息をのんだ。

こういうふうに書いていくときりがないわけで、この間、画面の迫力にずっと圧倒されていた。

ああ、これが映画を見る、ということなのだな、とつくづく思わされた。

ストーリーがどうの役者がどうのというのではない、画面がすべてなのである。

観に出かけてよかったな、と心から思えた映画である。

「ルードウィヒ」も、来週あたり、体調を整えて見に出かけるつもりです。

「ルードウィヒ」（恵比寿ガーデンシネマ）〔2016年6月7日〕

やはり見応えがあった。堪能した。映画自体がほぼ四時間。予告編も見たから、それを超しましたね（18時30分から22時50分まで）。今回は、途中休憩があったので楽だった。

画面の迫力とかそういうことは前回の「山猫」で詳しく書いたのでもう書かない。エリザベートに恋心を抱きつつ、結婚してくれそうもないので、妹のソフィーに婚約を申し込むがやがて解消する、というあたりを見ていて、これはそのまま『源氏物語』宇治十帖ではないか、という気がしてきた。

そう考えると、ヨーロッパの各国貴族の血縁関係の濃さなども『源氏物語』と対比的に考えることができる。その意味でもまことにリアティが感じられる映画であった。

紫式部は女性だから、大君・中の君そして浮舟に、主題をしぼっていき、仏教で女の苦悩を救えるのか、私たちはどう生きたら（死んだら）いいのか、というところの問題を読者に投げかけて終わっているわけだが、この映画は、王の内面が問題になっている。『源氏物語』で言えば薫にあたる存在だが、彼にも、このような絶対的な虚無というようなものがあったのだろうか？

もっといえば、光源氏らにも、それはあったのかもしれないが、読む限りではそういう頽廃の感じはない。しかし、ルードウィヒに横溢しているのは、ほろびゆくものがもつ濃厚な頽廃の雰囲気である。

たぶん、二年ほど前に、金沢のシネモンドで、同じ「ルードウィヒ」という題の別の映画を見ているはずだが、そのときも、ずいぶん変な王様だと思ったのを記憶している。たしかに、この王様は映画にしたくなる人物だと思う。

ところで、ルードウィヒの作った三つの城は、世界遺産になるとかいうような歴史的価値のあるものではないが、観光地としてはロマンチック街道に組み込まれたりしていて、とても人気があるらしい。私も、機会があったらいってみたいと思う。

後世の観光資源ということを考えたら、彼の浪費も、あながち責められないのでは、とも思ったりした。

「シン・ゴジラ」（イオンシネマ金沢フォーラス）〔2016年8月28日〕

子供たちが観に行って、おもしろかったと話していたのと、ネットでの評判もいいので観たが、予想以上におもしろかった。

金沢で観たので、家内といっしょではなかったのだが、いっしょに観たら、私と同じように驚いたことだろう。

というのは、二回目のゴジラ襲撃は、鎌倉から川崎に入り、武蔵小杉のタワーマンションがぶっこわされる。この建物は、いつも多摩川の川の向こうにそびえ立っているビルである。また、自衛隊の戦車部隊が集結しているのは、「多摩川緑地」とテロップに出ていたかな、いずれにしても、いつも散歩に歩いている多摩川河川敷なのである。また、幹部がゴジラを観察する場所は、川べりにある多摩川浅間神社の展望台、ここへは初詣によく行くが、この神社の石段がちゃんと写っていた。この展望台からは、冬、風があると富士山がよく見える。

というふうに、土地勘のある場所が大画面に出てきたので、それだけでもう満足。

ゴジラ攻撃戦のなかで丸子橋が吹っ飛ぶというのは、こういう展開のなかでは予想の範囲内ではあったとはいえ、それでも身につまされる。

一回目のとき、羽田のあたりから侵入してきて、蒲田が襲われてずたずたになるのは、まあ行ったことのある場所がひどいことになっているな、くらいの感想だったが、二回目の時は、ほんとに他人事でない感じがした。

大田区民必見ですね。

ただし、物語としては、日本政府対ゴジラ、というふうに単純化してあり、ハリウッド製パニック映画にあるような男女の恋愛をからませたりしないところがすっきりしていてよかった。また、総理大臣をはじめとする旧勢力がゴジラですべて排斥され、また、東京から400万人(だったかな)が地方へ移住する、というようなところで、いまの日本の抱える問題をある部分ゴジラが解決しているようなところがある。そういう設定のなかで、若い世代に期待する終わり方になっているのは、なかなかあと味のいい終わり方になっていたし、いまの政治への批判も読み取ることができるように思った。

「君の名は。」（HUMAXシネマ渋谷）〔2016年9月29日〕

アニメだと、どうしても、すぐに観ようという気にならないのは、やはり世代的なものなのだろう（実写だと、上記二作のように、すぐに観るのだが……）。

でも、避けていたのはよくなかったと反省。早くみておけばよかった。とてもいい映画だった。

午前中の上映なのに、若い人がたくさん来ていたが、それも当然かな、と素直に思えた。

ベースになっているのは2011年の記憶。そのつらい記憶を、とても上手に処理している。

話の展開を詳しく書いてもしようがないし、また、とても書きにくい話だが、アニメ的な、ファンタスティックな展開のゆえに成立しているとはいえる。が、そういうことを含めて、全体として、とてもうまく作られていて、違和感なく話に引きずり込まれ、最後のシーン（二人が再会するところ）も素直に感動することができた。

新聞の記事には、アニメなのにリアルな描写だと紹介されていたが、他のアニメをあまり観ないので、そのへんのことはよくわからない。

ただ、ふだんよく使っているJR四ッ谷駅の赤坂口のあたりが出てきたり、四谷三丁目にある須賀神社の石段が出て来たのはおもしろかった。ファンは聖地巡りをしているそうだが、ここも聖地のひとつなのかな？

先月観た「シン・ゴジラ」やこの「君の名は。」を観ると、ようやく、3・11の記憶を、無理のないかたちで物語にすることができるようになってきたのだな、ということを実感する。

そういう意味で、この二作は、記憶されるべき映像作品というべきだろう。

〔2016年10月14日〕

「聲の形」（池袋サンシャインシネマ）

原作を読んでいる娘から、かなりシリアスだよ、と言われ、シリアスなアニメというのが気になって観に行った。

だから、とてもシリアスな内容の映画であるのは、当然、予想されたところだが、しかし、予想以上でありましたねえ……。

耳が聞こえない、ということ、イジメのこと、いじめる側といじめられる側のこと等々、いまの若い人たちにとって、とても切実な問題を、真正面から取り上げているアニメ。硝子が飛び降りるシーンなどは、正直、観ていて辛かった。

もう、こうなると、完全に純文学、という感じ。エンターテインメントではない。アニメというジャンルが、ここまで切実なテーマをリアルに取り上げることができるのか、という驚きとともに映画館を出た。

「君の名は。」とは別の意味で、日本アニメの現在を知るにふさわしい作品というべきだろう。

ただし、そんなにしょっちゅう見たいタイプの内容ではないが……。

〔2016年10月15日・16日〕

蒲田映画祭

11月以降、ずっと忙がしい日が続き、更新をサボっていたら、何人かの人から、早く続きを読みたいと言われました。

その声に励まされて、去年の10月中旬以降に見た映画について、引き続き書いていきます。

蒲田映画祭のことは、去年偶然ネットで知った。かつて蒲田の撮影所があったことにちなんで、10月の土・日に古い日本映画を上映し、同時にゲストを呼ぶというものである。

去年は、「東京物語」の上映があり、かつゲストとして香川京子が来るというので勇躍出かけたら、実は、事前の予約が必要で、予約のない我々は、予約者を全員入れてから、なんとか入れてもらうことができた。それでも、老いたりとはいえいまなおさわやかな香川京子御本人を見ることができ、かつその声を聞くことができたうえに、小津安二郎の最高傑作である「東京物語」を見ることができたのだから文句はない。もっとも、香川京子はこの映画ではとても軽い役で、やはり、これは、原節子の映画であった。

ともあれ、そんな経緯があって、今年の「蒲田映画祭」には前々から注意を払っており、空いていた土日の午前午後をすべて申し込んだところ、すべて当選し、出かけたという次第。以下、その感想（＊編者により二本を抜粋）。

「秋日和」

〔2016年10月15日〕

原節子がこの映画では母親役で出ている。小津安二郎らしさは随所に見られるが、さすがに、ちょっと退屈するところもある。

原節子を取り巻く男達は、それなりの身分なのだろうが、どんな仕事をしているのかよくわからないし、あまり生活感がない。小津作品にそういう文句を言ってもしようがないのだろうが……。

以前、「麦秋」や「秋刀魚の味」を、ビデオで見たときにも感じたが、私は、この時代の小津作品は基本的に苦手。好きではない、といってもいい。

「秋津温泉」（1962年公開）

〔2016年10月16日〕

岡田茉莉子がちゃきちゃきの下町娘として出ていて、存在感を発揮していた。

これも、とてもおもしろかった。ただし、個人的には、もう一度見たいとは思わないタイプの映画ではあるが、この年のキネ旬一位というのはとても納得できる。

無頼というしかない長門裕之と、彼を待つしかない岡田茉莉子との、いわば腐れ縁のような関係を、季節の移り変わりと、岡山の田舎の温泉という背景をうまく使いながら、とても説得力ある描き方ですすめている。

長門裕之のような男は、いまはこのままのかたちで描くことはできないだろう。いまならば、「だめんず」と呼ばれる存在になるわけで、でも、そういう男に引かれていく女というのは、いつの時代にも一定数いるということなのだろう。ある時期まで、「無頼」であることは、男におけるかっこよさの代名詞みたいなものだったのになあ、などと思いつつ見ていた。

なお、今年のゲストは、三本の映画に出ている岡田茉莉子。

個人的には、そんなに好きな俳優さんではないが、「女舞」や「秋津温泉」を見ると、その実力は認めざるを得ない俳優だな、と思った。

「マダム・フローレンス」（イオンシネマ金沢フォーラス）〔2016年12月9日〕

事実をもとにした映画だから、へえー、そうだったのか、というところはいろいろある。フローレンスが、最初の夫にうつされた性病のせいで、髪が全くないとか、とてもやさしい夫（ヒュー・グラント）が、妻公認のお妾さんと住んでいるとか、かなり私生活がひどいものであることがだんだんわかってくる。ただし、暴露的ではなく、それでも、音楽への愛が彼女をささえていた、という視点は貫かれている。

カーネギー・ホールのコンサートも、聴衆はサクラばかりだったわけだが……。

クラシックの歌曲をすすんで聞くことはほとんどないので、歌が下手とか音痴とかいうのが、ちょっとピンとこないところがあったが、「魔笛」の「夜の女王のアリア」を歌ったところでとてもよくわかった。

お金があれば、このくらいのことはできてしまう、というのがアメリカらしいといえばいえる。

メリル・ストリープは、歌も本人が歌っているそうで、たしかに、下手に歌うのをうまくやっている（?）けど、うーん、でも、あんまり好きな俳優ではないですね。

「この世界の片隅で」（金沢シネモンド）〔2017年1月13日〕

映画が公開される前から、原作はその方面では有名なんだよ、きっといい映画だから見た方がいいよとマンガに詳しい娘にいわれていた。しかし、最初の頃は上映館が少なかったため、なかなか見る機会がなかった。そのうちに、いろいろなところで話題になりはじめ、上映館も増えていったようだが、まことに幸いなことに、月一回出かけている金沢にあるミニシアター館（シネモンド）で上映していることを知り、仕事を終えた金曜日の夜、勇躍出かけた次第である。

戦争期の広島を舞台にした映画と聞いていたので、原爆投下の直前までなのだろうと勝手に思いこんでいたが、そうではなかった。主人公のすずはこのときにはもう呉に嫁いでいたので、広島のあたりに閃光が走り、黒雲が出ているのをながめることになる。

全体として、戦争に突入していく時代から戦後すぐにかけての日常生活を、ちょっと天然なところのある主人公すずが、少女から大人になり結婚するという変化を通して描いていくもの。これといったストーリーはなく、ディテイルがすべての映画。なのに、二時間、全く飽きることなく見せてしまうという点にまず感心した。個人的には、結婚し呉に住むようになってから、幼なじみ（軍人になり、たぶん激戦地に派遣されるのでひそかに別れを告げに会いに来たらしい）とすずが、夫の配慮で、寝室で二人だけになるシーンに、ちょっとドキドキした。また、絵を描くのが趣味のすずが、そのことを憲兵の手先になっている村の人にきつく叱られるシーンも、別の意味ではらはらした。義母をはじめ家の人はみなむずかしい顔をしていたが、おおまじめにスパイ云々を口にするこの人に対して、必死で笑いを堪えていただけなのだが……。

すずも爆撃にあい、姪を失い、自分も片腕を失ってしまうが、婚家先の人々の愛情ある対し方であまり不幸な感じがないのは、かなり救われる。

爆撃で逃げまわる人々や原爆のあとの様子を実写で見るとリアルに過ぎてつらいが、このアニメのようなタッチの絵でみると、ちょっとやわらげられるので、なんとか観ていられた。

前にも書いたが、日本のアニメは、全体として、相当に高度な表現力を身につけているということを改めて痛感した。

〔2017年2月17日〕

「アスファルト」（飯田橋ギンレイホール）

まったく派手なところのない映画だが、見ているうちにだんだんひきつけられていく。

舞台は、フランス郊外のほんとに寂れたきたない団地。「六人の男女の、三つの予期せぬ出会い」とあるが、それぞれが互いに関わり合うわけではない。サエない中年男が偶然に会った夜勤の看護師に仕事を聞かれて「カメラマン」と答え、「ジオグラフィック」に写真を載せている」というのはあきらかに「マディソン郡の橋」のパロディ(C・イーストウッドはナショナルジオグラフィックのカメラマンなので、ああいう田舎まで撮影に来たわけでした) なので、ここはニヤリとしながら見ないといけない。もっとも、こちらの二人は、あの映画のように、秘めた熱い恋にはならない。だいいち、彼の方はカメラにさわったことさえないのだから。また、映画の冒頭シーンで、彼ひとりだけが、オンボロエレベーターの修理（というか新しいのに入れ替える）に反対していた（ただし最終的には賛成する）というエピソードが、二人のデートへとすすむ展開の中で生きてくる、というふうに、脚本がとてもうまくできている。鍵っ子の少年（高校生くらいか）と落ちぶれた女優とのつながりもなかなかおもしろいが、不時着したＮＡＳＡの宇宙飛行士と服役中の息子を持つアルジェリア系移民の女性の話がいちばんおもしろい。この宇宙飛行士が登場するあたりから映画は俄然おもしろくなってくる。いずれにしても、観たあとに不思議な味わいを残す映画で、ちょっとフランス映画に病みつきになりそう。

「国際市場で逢いましょう」（キネカ大森）〔２０１７年2月19日〕

台湾旅行中に、韓国に詳しいS先生から、必見だよといわれた映画。ＤＶＤを探すかなと思っていたところ、ちょうど近くの「キネカ大森」で名画二本立て上映としてかかっていたので、ぜひみなくてはと思い出かけたもの。

英語題名の「Ode to My Father」（父に寄せる歌）の方が映画の内容をよく示し

ている。解説するならば、激動する韓国戦後史のなかで、家族のために生きてきた父親とその世代への、感謝をこめた映画、ということになるだろう。あらすじが短いが、これ以上書きようがない、ということは、映画を観るととてもよくわかる。書こうとすればディテイルを全部書くしかないわけだから。

ドイツの鉱山に出かけて落盤事故に遭遇し瀕死の状態で助け出されるエピソードは鮮烈。ベトナム戦争に兵士としてではなく参加し、ベトコンに追われた住民を自分たちの舟に乗せたときに、男の子が妹が川に落ちたと泣いているのを見て、銃弾が降りそそぐ川に飛び込んでいく主人公の姿は、冒頭シーンで、朝鮮戦争の時に北から逃げてくる途中、妹を海に落としたまま助け出せなかった主人公の体験が生きている。その妹との再会シーンが最後に来るのだが、これは泣きますよ、誰でも。最後、父親の遺影を前に、「ぼくは家族を守って生きてきた、でもつらかった」と述懐するシーンも。いまこうやって書いていても、涙が溢れてくる。

教えてくれたS先生は、いっしょに観に行った留学生は滂沱の涙を流していた、と話していたので、「あなたは?」と聞いたら、「いや別に……」と答えていたが、観たあとにメールしたら、「実は、三回観て三回とも泣きました」という返信が来た。

こういう映画を通して、隣国でありながら、実はよく知らなかった近い過去の歴史を学ぶというのはとても大切なことだと思う。

少し前に、やはり名画座二本立てで、台湾の戦後史を描いた「悲情城市」を観たが、こちらはかなりハードな作りで、今回のような感情移入はしにくかったのを思い出す。台湾と韓国の歴史の違いというよりも、監督の映画に対する姿勢の違いなのかな。

〔2017年2月19日〕

「華麗なるリベンジ」（キネカ大森）

前述のような理由で出かけたわけだが、この二本立ては、ほんとに得したという感じで、観たかいがあった。

ファン・ジョンミン主演映画といううつながりでの選択だったのだろうが、詐欺師のカン・ドンウォンが、なによりもカッコよく、色っぽい。中卒なのにあやしげな英語をあやつり、ペンシルバニア大学卒といって富豪の娘をだまそうとするが、やがて見破られるくだりは腹を抱えて笑った。こういう軽さも、詐欺師ものには必須のもの。若手検事をよそおってファン・ジョンミンのリベンジに協力するところは、サスペンスとしてもなかなかのものになっている。

この日は、とても豊かな気分で帰宅した。

ここしばらく韓国映画を観なかったが、ほんとに、なかなかやりますねえ。とても感心しました。

〔2017年3月12日〕

「ラ・ラ・ランド」（イオンシネマ金沢フォーラス）

作品賞は逃したが、話題の映画。息子や映画をよく見ている友人から、よかったよ、というメールが来ていたので、金沢でぜひ、と思って出かけたのだが……。

一口に言うと、私は、のれませんでした。最後まで。とてもしらけた気分で、見ていた。

いろんなしかけの部分（たとえば、女主人公の部屋に貼ってあるポスターがイングリッド・バーグマンであるとか、テレビに映っている映画が「雨に唄えば」であるとか、渋滞の車の人たちが全員踊り出すオープニングが、MGM全盛期を髣髴とさせるとか……）をほめられたがっているように見えてしようがなかった。

映画の歴史へのオマージュというよりも、単なる懐古趣味。

どうだい、若者たち、このしかけがわかるかい、みたいな手つきがやたらに気になり、肝心の二人の出逢いから別れまでのドラマにほとんど感情移入できなかったのである。

あまり体調がよくなかったからか（ちょっと二日酔い気味だった）とも思うが、でも、改めて見直したいとは思わなかった。また、ＤＶＤで見直してもいいけどね。

〔２０１７年3月20日〕

「仁義なき戦い」（新文芸坐）

何度かＴＶ放送の録画やＤＶＤで見かけたが、結局最後まで見てはいなかったことが今回観てわかった。

笠原和夫へのインタビュー本（『昭和の劇――映画脚本家笠原和夫――』）をとてもおもしろく読んだし、シナリオを読んだこともあるのだが、今回観て、深作欣二の映画作法は、私は好きではない、と思った。むやみにクローズアップしたりするような手法がとてもうるさく感じられたからである。

今回観て、金子信雄演ずる山森の小ずるさがきわだっていてとてもおもしろかった。「仁義」を重んずる連中をうまくあしらっている様子に、観客席からも、そのたびに笑いが洩れていた。

ただ、そういうヤクザのきたないあり方はよく描かれていると思う。しかし、それならば、別にやくざ映画でなく、いまはやりの警察映画・警察小説であっていいわけである。

やはり、これは、東映やくざ映画という美学の世界のあとに来た、ポストやくざ映画、反東映やくざ映画というコンテクストのなかで意味のある映画なのではないか。

〔2017年4月10日〕

「夜は短し歩けよ乙女」（池袋）

古くからの友人二人と、池袋の繁華街を散策していて、ふと出くわした映画館で、ちょうどはじまったばかりのを、何の予備知識もなく見始めたもの。スクリーンを見て、アニメだということを初めて知った……。

が、しかし、このアニメ、まことにおもしろかったのですね。いろいろ変な仕掛けはあるにしても（夜歩いているうちに季節が次々に変わっていくなど）、まことにストレートな恋愛映画で、感心した。

なかに下鴨の古本市のシーンが出てくるが、登場する古本オタクが「ここにある本はすべてひとつの世界だ」と叫びつつ披露していく、主に日本の近代文学に関する蘊蓄は、なかなかのものだと思った。帰り道、三人であそこには感心したね、と話しあったりした。

万城目学の『鴨川ホルモー』や『鹿男あをによし』と似たテイストを感じたが、ともに京都大学出身の作家ということが関係しているのかな。

いまの日本映画は、どうやら、アニメの方が表現としてははるかにすぐれているといえそうですね。あきらかに若者向けで、我々おじいさんむけではない映画でも、これだけ楽しめるわけですからねえ……。

「幸せなひとりぼっち」（キネカ大森）　〔2017年4月9日〕

とてもおもしろかった。

主人公のキャラクターは、落語の「小言幸兵衛」ですね。集合住宅の中を見回って、ゴミの出し方がよくないとか、駐車のマナーがよくないとか、いろいろ文句をつけるのが仕事。ただし、その人生は、とても不幸なことばかり続いている。でも、奥方がとても素敵な人なので救われている。美貌も性格も。

特に、はじめてできた子供がお腹にいるときに、バスの横転事故にあい、子供はもちろん、奥方自身も車いす生活になる。が、それにめげず、先生を続け、車いすのまま仕事ができるように職場に要求していくというような積極性を持っている。

そういうことで主人公の不幸な運命は、とても救われているわけだが、その奥方が癌で亡くなったので、生きている甲斐がないと思い、あとを追って死のうとする、というあたりから映画がはじまる。が、そのたびに邪魔が入り、というあたりで、たっぷり笑わせる。そういうなかで知り合った、アラブ移民一家との交流が、やがて……、という展開で、いかにもミニシアター系らしい映画だが、とてもよくできている。

老人むきですけどね。

「きっと、うまくいく」(3Idiots)(早稲田松竹)〔2017年4月17日〕

この週の早稲田松竹はインド映画二本立て。

こちらの方は、三時間近くある長い映画。しかし、全く退屈しなかった。

学園ドラマの一種で、ランチョー以下の登場人物には、それぞれに重い背景があるが、それらは、だんだんにわかってくる。基本的には、彼らの学園での暴れぶりを描きつつ、卒業後のことが次第にわかるような仕掛けになっている。

詰め込み教育批判など、インド社会が直面している問題を痛快に批判しているが、全体にあかるいのは、新興国のゆえだろう。花嫁を盗み出すのは「卒業」だし、他にも過去の映画のオマージュ的な引用が散りばめられている。こういうのも楽しい。

恋愛シーンで突然踊り出すのが、インド映画のパターンで、慣れると、しつこいラブシーンをこうやって避けているのだということがわかる。

DVDで見ても、きっとおもしろいのではないかと思う。

「ＰＫ」（早稲田松竹）〔２０１７年４月17日〕

こちらも、主演は同じ人。

アミール・カーン扮するＰＫは、よその星からやって来たことになっているが、別にＳＦではない。なので、地球の人間と意思疎通する方法云々ということは、全くおざなり。そこに主眼はない。

こちらは、インドの宗教批判がテーマになる。そのせいか、「きっと、うまくいく」ほどは、底抜けにあかるい、という感じにはならない。「きっと、うまくいく」が、波瀾万丈で、底抜けに楽しかったのとつい比較してしまうので……。

ただし、映画として、つまらないわけでは決してない。平均点以上です。

二作で五時間以上かかるが、インド映画の、いちばんおもしろいところを観た感じで、とても楽しかった。

「マンチェスター・バイ・ザ・シー」（恵比寿ガーデンシネマ）〔2017年5月18・22日〕

私としては、この映画が、当分の間は、今年度最高である、と断言してはばからない。

ハリウッド映画にしてはずいぶんと地味なつくりで、派手なところはひとつもない。だから、公開されているのは、ミニシアター系映画館だけになる。

が、さすがに「脚本賞」をとっただけあって、とてもよく練り上げられた映画だと思った。

実は、最初に一度見て、こういうのは、ぜひ家内といっしょに観るべきだと思い見直したのだが、二度目の時の方が、細かいディテイルの意味がはっきりしてきて、感動は深かった。

主演男優賞のケイシー・アフレックは、過去の悲劇から立ち直れないでいる無骨な男をうまく演じている。彼を慮りながら死んでいったその兄、リーに小さい頃から親しんでいた甥のパトリックの存在がとてもおもしろい。

彼に振り回されながら、次第に過去とまともに向き合うようになるリーの内面の変化が、美しい画面とともに説得力のあるかたちでつづられている。

冒頭と最後の方で二回、リーが酒場で暴力をふるうシーンがあるが、最初の時は、単なる乱暴者にしか思えなかった彼の振るまいが、最後のシーンになると、彼が、どうやっても精算できないでいる過去の悲劇（別れた妻は、すでに立ち直り、新しい人生を送っている）の重さを我々に教えることになっている。

亡き兄が、彼のために用意した甥の後見役という立場を捨て、町を出て行く結末は、ハリウッド的な安易さを拒否していて、とても説得力がある。

世間を知る大人の人にぜひ見てほしい映画である。

〔2017年5月23日〕

「メッセージ」（渋谷HUMAXシネマ）

こちらは、かなり手の込んだSF。コンタクトを求めている異星人の言語というのが独特で、そのためにアメリカ一の言語学者が動員され、その絵みたいな言語をすこしずつ解読していく、というあたりは、謎解き的な興味もあっておもしろく観ていたが、最後の時間のトリックのような結末に至って、肩すかしを食わされた感じがした。

その点では、「インター・ステラー」ととてもよく似た印象の映画であった。

こういうのが好きな人はいるのだろうな、とは思うが、私は、駄目です。ちょっと騙された気分になるところがいやなので。

このへんは、好みが分かれるところでしょう。

「ヒトラーの忘れもの」（LAND OF MINE）（飯田橋ギンレイホール）〔2017年5月29日〕

これは、リアルであると同時にとてもつらい映画だった。原題「LAND OF MINE」が示しているように、地雷の場所に連れて行かれ、地雷除去作業に従事する第二次大戦直後のドイツの少年兵たちの物語。

デンマークの鬼軍曹にいじめられ、作業場近くの農家の人たちからも、ドイツ人というだけで忌みきらわれる。そのために、農家から足りない食糧を補給するために盗んできた家畜のエサに鼠の糞が含まれていて、全員、食中毒になる。

が、その事件をきっかけに鬼軍曹との心の交流がうまれはじめるが、除去したはずの場所を走っていた軍曹の愛犬が地雷で爆死したことから、いじめはいっそうひどくなる。

そういうなか、特に双子の兄弟の一人が、除去作業の失敗で爆死したため、残された方が錯乱状態になる。そのあと、地雷地帯に入り込んだ近所の農家の少女を身を挺して救ったあと、覚悟の自爆を遂げていく……。

個人的には、このエピソードが一番辛かった。なにせ、我が家の息子が双子なので、他人事とは思えなかった。

最後の場面で、少し救いがあるが、ドイツの少年兵が、デンマークの地雷除去作業に従事したことは事実で、半数以上がその作業のなかで爆死した、という最後のテロップを観ると、胸が痛む。

ベルリンで、戦災にあったときのままを保存しているカイザー・ヴィルヘルム記念教会に行ったとき、その被害のひどさにおどろくと同時に、でも、これ以上のことを、他国でやったんだけどな、という思いが溢れるのを禁じ得なかった。

そうして、その直後、それは、広島や長崎の記念館をみるときのアジアの人たちの思いでもあることに気付き、愕然とし、かつ反省したのを思い出す。

こういう映画を合作で作るというのは、国同士の理解のためにとても大切なことだろう。

と同時に、こういう種類の映画を、日本と中国あるいは、日本と韓国との共同で作りうる時代が来るだろうか、とも思わざるをえなかった。

〔2017年6月16日〕

「午後8時の訪問者」（金沢シネモンド）

とても丁寧に作られている映画。

ジェニーが、名前を知りたいというだけで、防犯カメラの画像を見せていくことで周囲に色々な波紋が広がっていく。

また、インターンとして来ていたやや自閉症的な男子学生とのこともうまくからみあっていて、話にふくらみが出ている。

さらに、急患で運び込まれた男の子の発作が、実は、父親の暴力によることなどが明かされていく。

これは事件とは直接結び付かないが、長く通ってきている高校生の不調の原因は、やはり家族関係に問題があり、それは、この事件と密接に関係している。

そういうのを丁寧に描きながら、主人公の人柄や周囲の環境を描いていくあたりが、とてもうまいと思う。

サスペンスフルな映画だが、意外な結末というわけではない。

が、とてもよくできた映画である。

この事件を通して、主人公が、貧しい地域の医療に身をささげようと決意する結末には、とても説得力があった。

〔2017年7月7日〕

「22年目の告白」（イオンシネマ金沢フォーラス）

はじまって一時間くらいまで、さて名乗り出たこの殺人犯をどう処理するのか、という興味で、とてもひきつけられてみていた。

しかし、殺人犯曾根崎の正体がわかったあたりから、急速に興味が失せた。ネタバレになるからくわしいことは書かないが、こういう意外性だけを狙った設定は、話としてはあるかもしれないが、全くリアリティがないと思う。無理矢理に、頭で考えてでっちあげた話のような気がする。

だから、真犯人がわかっても、たいして驚かない。

韓国映画のリメイクらしいが、真犯人に関してはもとの映画とは違っている、というような情報がネットにはいろいろ書き込まれていた。が、そういう事を含めて、全く知りたいという気にはなれない。

先月見た、フランスやイランのスリラー映画は、話の意外性に頼ってはいないし、犯人は、ごくふつうの人である。

こういう意外性だけに頼った映画というのは、「物語」の衰弱を示しているだけだと思う。

〔2017年9月25日〕

「新感染　Final Express」（池袋シネマ・ロサ）

ゾンビ映画だけれど、これは抜群に面白かった。

やっぱり、韓国映画。こういうのは、徹底的にやりますね。

日本映画やハリウッドのだと、生き残る人たち中心に話を進めていき、生き残ってよかったね、となるパターンが多いけれど、これは、そうじゃないからね。一時間半くらいのところで、これでなんとかなるかなと思ったら、まだまだその先があるからね。

いやー、久しぶりに、ワクワクしながら見ました。

実は、授業の後だったから、最初ちょっと居眠りしたみたいで、父親と女の子がなぜ高速列車に乗っているかという設定がわからなかったのだけれど、そういうのは、あまり関係なく、パニックになってからの迫力がものすごくて、目が離せなかった。

やっぱり面白いです、韓国映画は。

「ベイビー・ドライバー」（T・ジョイPRINCE品川）〔2017年9月28日〕

エンタメ方面に詳しい院生に、なにかおすすめはと聞いて、出かけた映画。文句なしにおもしろかった。

カー・チェイスのおもしろさはもちろんだが、こういうのは、主人公と同時に、悪役の方もそれなりでないとおもしろくない。その点では、親玉のケビン・スペイシーの貫禄ぶりはもちろん、ジェイミー・フォックス(「レイ」を演じた人なんですね)のすぐにキレる感じ、さらには不死身のように最後までつきまとうしつこいジョン・ハムなんかがいい感じで、主人公をおびやかすから、おもしろい。

最後の締めくくり方は、とてもハリウッド的だと思うが、まあいいでしょう。

それまでのなりゆきが、スピード感があり、ストーリー的にも、新旧の音楽がいろいろ出てくるし、そのたぐいの話題も豊富なのがおもしろい。

人物関係もわかりやすく、スピード感があって、とても楽しめる。

久しぶりに爽快な気分で映画館を出た。

【そのほか】

多摩川の散歩道

〔2011年5月21日〕

冬休みの頃から、散歩の楽しさに目覚めた。なによりも東京の冬は天気がいいからである。金沢時代、あまり散歩をしなかったのは、通勤その他の移動手段が車だったこともあるが、なによりも、散歩に向いている秋から冬にかけての天気がよくないことが最大の原因であったことが、こちらにきてよくわかった。

冬に入る頃、道ばたの落ち葉がかさこそと音を立てているのを聞くと、なるほど、これだから「枯葉」や「落葉」が歌になるのだと実感できた。秋から冬にかけての金沢は一年で一番天気のよくない時期なので、乾いた落葉がころがる音を聞く機会はほとんどなかった……。

というわけで、以来、休みの日、家にいると、たいてい一時間から一時間半ほど散歩に出かけるようになった。

お気に入りは、自宅から洗足池までと、多摩川の丸子橋からガス橋までの川べりである。

洗足池はまわりの公園の中に、宇治川の先陣の時の「池月」という馬にちなんだ神社があったり、勝海舟夫婦の墓があり、その脇には区立の図書館もある。が、そこに行くまでが、車どおりの多い中原街道の歩道を歩くしかないのが大いなる欠点である。

その点、多摩川べりは、区立大田図書館から東急多摩川線の線路を越えるとすぐだし、いまの時期は子どもたちが野球やサッカーをしているので、それを堤防のあたりから見下ろすのも楽しい。

ときには、川崎市の方まで足を伸ばすこともあるが、こちらは堤防と並行して自動車道があるので、たいていは河川敷の方を歩くことになる。

ところで、この多摩川の河川敷は、もとプロ野球の練習場だったのだという。立川談志が週刊現代の連載の中で少年時代の野球の記憶を書いている中に、こんな一節をみつけた（2011年5月28日号）。

……パ・リーグが出来、東急フライヤーズ等が誕生した。私しゃ毒島章一と友達だったし、よくオフに我が目蒲線現在の多摩川線の川っ辺りで練習をしていたっけ。白木義一郎、後楽園のアゴと云われたアゴの長い一流の投手もいた。背番号は18。つまり東急のエースだ。黒尾重明が私のいた中学校の校庭に神谷という選手、つまり私の学校の先輩を見に来たこともあった。（以下略）

ここに出る「目蒲線現在の多摩川線の川っ辺り」というのが、私のお気に入りの散歩道というわけ。ここに出てくる選手名のうち、白木義一郎はのち創価学会幹部として有名になる。毒島（「ぶすじま」と読む）は変った名前なのでとてもよく覚えているし、黒尾重明は山口瞳の同級生で、彼の小説やエッセイに何度も実名で出てくる。

それよりもなによりも、我々の少年時代に「東映フライヤーズ」といっていた球団（いまの日ハムですね）が、もと「東急フライヤーズ」だったというのは知らなかった（と言いつつ、いま、あわててネットで調べたら、東映は東急傘下の映画会社だったのですね、なるほど、なるほど）。

というわけで、この記事のおかげで、ずいぶんいろんなことがわかってきたという次第。

散歩は楽しい!!

〔2012年5月6日〕

「迷う」ことは「甘え」ではない

以下は、卒論についての相談が終ったあとの四年生との会話。なお、個人情報にかかわる部分があるので、適宜変えたところがありますが、趣旨は変えてありません。

「で、君は、卒業したらどうするの」

「就職するつもりです。でも、このところ、就活はやめているんです」

「なぜ?」

「マスコミ関係に出しているんですけど、就活するうちに、家の仕事を継ぐのもありかなと思って……」

「実家はなにをしているの?　お店」

「○○市で、本屋なんです」

「ああ、そのあたりだと、文房具屋もやっているようなお店でしょう」

「ええ。でも、本を読むのは好きだし、お客さんと話したりするのも好きなんで、自分には向いているんじゃないかとは思ってるんです……」

「なるほどね」

「でも、マスコミ関係への希望もなかなか捨てられなくて」

「まあねえ、一口にマスコミ関係と言ってもいろいろあるからね」

「そうなんです。制作とかをやれたらいいんですけど、そういうの、卒業してすぐにやれないかもしれないので。あるいは、専門学校に行くことも選択肢のひとつかな、と考えたりしてて」

「ああ、ねえ。でも、それも大変だよね。それに、最初はやはり下働きの雑用ばかりだろうしね」

「こういうのは、やっぱり甘えているんだろうと思うんですけど……」

（きっぱりと）「いや、そういうのは「甘え」とは言わないよ。絶対に。君、21歳か、22歳にはまだなってないでしょ。そういうのは、青春の「迷い」というんだよ。君くらいの年だったら、将来について「迷う」のは当然だよ。いや、迷わなくってどうする、と思うね。ともかく、君みたいのを「甘え」とは言わないよ。ゆっくりと迷いなさい。それが若いということの特権だよ。

いや、そうでもないか。この年になっても、迷うことは多いんだからね。ただ、その迷いが、日常的な、小さなことでしかないのが情けないんだけどね。」

2012年11月の日記

11月2日（金）

毎月第一週の金曜日は、月一回の講談教室。

数日前の10月30日（火）に、陽子師匠の師匠である二代目神田山陽十三回忌追悼講談会が、教室と同じ上野広小路亭で開催され、このときはとてもたくさんの観客が集まった。

中入り後の後半になると、舞台脇までお客さんが座るくらいになった。よく入ったときでも五十人前後くらいのときしか知らないから、ちょっとびっくり。で、このときの演目表の最後に、二代目神田山陽とあったので、あれっと思ったのだが、ビデオ映像が映し出されたので、なるほどと思った。

その映像を見ながら、この師匠の顔をテレビでよく見たものだったなあ、ということを思い出していた。とはいっても、講談ではなくＮＨＫの将棋講座である。二代目は将棋が好きで、この講座の司会を担当していた時期があり、その頃、私は割合熱心に見ていた。東京で大学院生をしつつ高校の先生をしていた昭和50年前後のことである。もっとも、将棋の方は全くものにならず、今はたぶん家内と指しても負けると思う……。

陽子師匠のお話によると、とても新しい物好きの師匠で、あの映像は、まだビデオ装置が高価な時代に自宅で自分で撮影したものなのだという。また、自分の藝は70代の頃が一番いいと話していたということだが、なんか、そういう話をうかがうと元気が湧いてきますね。いずれ、このときの講談会の様子が二代目の秘蔵映像とあわせてＤＶＤとして発売されるということなので、ぜひ買いたいと思う。

で、教室の方だが、前回までも、上智大の卒業生が数人見学がてら来たりしていたのだが、今回は、春の『雨月物語』のコミュニティカレッジの講座に来ていた方がゴルフ仲間といっしょに参加されていた（来週から秋のコミカレが始まることも関係しているのかもしれない）。初参加の方は、ここの教室では「徂徠豆腐」をやることになっているのだが、二人とも声が大きくてよかったですよ。

また、もとからのメンバーの方が、先月以来、小泉八雲版の「菊花の約」をもとにした台本を作り、練習している。私のを聞いて興味を持ってくださったからだと思うので、こういうのはとてもうれしい。ただ、前回もちょっとだけ台本の原稿を見せていただいたが、かなり長い。今回の二回目でも、まだ赤穴の亡霊のところにたどりつかないのです。短そうでも意外に長い話なのですよね。

また、別の方からも、他のところでやってみたいので私の台本を貸してくださいとお願いされ、あとでメールで送ってあげた。台本があればすぐにやれるというわけのものでもないが、こういうふうに利用してもらえるのは素人台本書きとして、とてもうれしいものである。

なお、この方はいつもiPadを持参されていて、このときも借りた台本をすぐに自分のiPadに取り込んで利用していたので、「どうやったのですか?」と聞いたら、「カメラで写して取り込んだ」という話。デジカメをいつも持ち歩いているのかな、とそのときは思ったが、あとでよくよく考えたら、iPadには性能のいいカメラがついているのでした。写し方にはちょっとしたコツがいりそうだが、慣れるとたしかにコピーがわりに使えますね。

前期の演習の時間に、学生がスマホで辞書（『日本国語大辞典』や『角川古語大辞典』）の必要部分を写し、私が質問したときに、その画面を見せてくれたことも思い出した。カメラは、人や風景を写すもの、文書はコピー機でコピーするものという思い込みはもう捨てる方がいいのかもしれないと思ったことである。

さて、今回、私は、久しぶりに『雨月物語』からの新作台本を持参し、やってみた。「夢応の鯉魚」を講談になおしたもので、今回は前半の、興義が湖で魚になる直前までをやった。湖のなかを泳ぎ回るあたりは、原文を生かす方がいいかな、とも考えている。

また、家内は、昨年来、『絵本三国志』を翻刻したこともあり、ずっと三国志をやっている。

他にも、世田谷のサギ草伝説を取り上げる方（演劇経験のある方で、ずっと寺山修司の戯曲をやっていた）がいたり、旧約聖書一筋の牧師さんもいるというふうで、何でもありのとても楽しい教室です。

学生から聞いた話

〔２０１２年11月12日〕

以下は、一般科目（全学部生が受講可能な科目）「国語表現」で実施している３分間スピーチで、学生が話してくれたものです。

京都見物に行った男子学生の話。

帰りに、駅でお土産を買おうと思い、京都土産なら「八ツ橋」が定番だろうと思ったが、「八ツ橋」という名前が出てこなかった。それで、土産物屋さんの女子店員に、

「あのう、耳みたいな形のおみやげを買いたいんですけど」

と聞いたところ、その店員は

「あ、おたべ（八ツ橋のことをこういいますね。商品名？）ですね」

と答えた。で、くだんの学生は、

「いいえ、持ち帰るんですけど」

と答えた。

苦笑しつつその店員が、

「ああ、八ツ橋ですね」

と言い直したところ、

「いえ、ぼく、高橋です」

と答えた、という。


もうひとつ。


あるチェーン店のアルバイトの面接に行った女子学生の話。

店長さんに、

「部活なにやっていたの？」

と聞かれ、ほんとうは演劇部をやっていたのだが、なんとなくそれではカッコ悪いような気がし、もうちょっとカッコいい部活にしようと思って、

「吹奏楽部に入っていました」

とウソをついた。ところが、その店長さんは、吹奏楽部をほんとうにやっていた人だっ

たので、

「なんの楽器をやっていたの」

とか、

「どんな曲をやっていたの」

などと詳しく聞かれ、とうとう、ウソをつき続けられなくなり、

「本当は演劇部でした」

と告白する羽目になってしまった。


その後、この面接でのやりとりは、同じ店のアルバイト仲間の間に知れ渡ってしまい、以来、彼女のまわりでは、

「〇〇さん、部活何やってたの？」

「吹奏楽部」

「何の楽器吹いていたの？」

「ホラ吹いてたの」

というやりとりが、定番ギャグになったという。

こういうスピーチ能力（おもしろい話や失敗談をおもしろくまとめる能力）やちょっとしたエッセイを書く能力は、いまの学生はとても優れていると思う。

〔2013年2月25日〕

小沢昭一さんの思い出

小沢さんの講演を聴いたのは、富山大学に勤務していた頃だから、もう30年以上も前のことである。当時、井上ひさしの芝居を専門に上演していた「芸能座」が富山に来ることになり、その前宣伝を兼ねて開かれたのだと記憶する。

話術の名人だから、おもしろいのは当然だが、いまでも忘れられないのは、大女優の杉村春子についての次のようなウワサ話。

「女の一生」はもうやらないんですか？　と聞いたときの返事が「あたしはいいんだけどね。（相手役の）北村（和夫）がふけちゃったもんだからねえ」だった、というもの。

他の内容は忘れてしまったが、ともかくすべての話が面白くて面白くて、いっしょに行った友人とずっと笑いっぱなしだったのを覚えている。

あとの思い出は、ラジオでよく聞いた「小沢昭一的こころ」とCD（「日本の放浪芸」の2シリーズを含め、ほぼ持っているはず）になってしまうが、CDのなかでは「題名のない音楽会」でやった「ベートーヴェン人生劇場」というのが秀逸。聞くところによると、ほとんどぶっつけ本番に近かったらしいが、この人のなかにある話芸の引き出しの多さがよくわかる。

小沢昭一語録というのを作れば面白いのがいっぱいあると思うが、記憶しているので一つだけ。

若いとき、ヘタだなあ、おもしろくないなあ、と思った落語家でも、みんな、70くらいになると、それなりにサマになって、かたちがついてくるものですね。

これは、案外、落語（に限らず、話芸全般にいえることなのかもしれないが）という芸能の本質を突いているのではないかと思う。

基本的に、テレビよりラジオの人なので、追悼番組もラジオのが面白かった。

昨年末にTBSでやったのは、「小沢昭一的こころ」のはじめの頃のが聞けたのはいいが、ゲストによるコメントが多く、ちょっと短すぎた感じ。

1月にNHK-FMでやった「日曜喫茶室」の追悼特集は、小沢さんがゲストに来たときの録音をたっぷり聴かせてくれたのがとてもよかった。こうやって古い録音を聴くと、変わらないようでも、声というものは、ずいぶん変わるものだとつくづく思います。

十年程前からいままでも、自分の声がとても低くなったような気がして、気になってしょうがなかったのだが、これも年のせいとあきらめるしかないのかな……。

〔2013年12月13日〕

センチメンタル・ジャーニー

いま、住んでいるところの近所で、機会があったら行ってみたいが、どこかわからなくて、……という話。

そのひとつは、いまから、40年近く前の話になるが、修士論文の最終段階の頃、居候をしていた姉夫婦の住まいのあったところ。

東急池上線の「石川台駅」でおりた、ということはよく覚えていて、で、いま住んでいるところの最寄り駅の一つが、同じ池上線の「雪が谷大塚駅」だから、ほんの一駅先、ということになる。

最近はあまり行かないが、一、二年前は、その先の、洗足池まで、よく散歩に歩いていたのだから、その途中にあるはずで、探してみればいいのだが、どうも、おっくうで……。

それと、東京は、どこも家ばかりあるので、道に迷いそうで、というのも理由の一つ。

このとき私は、修士三年目で、12月6日に、双子の男の子が産まれたばかり。もちろん、お産は家内の実家の輪島でしたのだが、産れたという連絡のあった翌日に様子を見に行き、そのまま、とんぼ返りで東京に帰ってきたあと、北千住の下宿で一人住まいをしているのも大変なので、石川台の日銀の宿舎に住んでいた姉に頼みこんで、12月25日の提出期限まで、居候をさせてもらったという次第。

いまとちがって、コンビニなんかはない時代だったから、男の一人住まいは、結構大変だった。

年が明けてから、引っ越し準備があるので、1月2日に東京に戻ったのだが、この頃の正月は、いまと違って、店はほとんど開いておらず、昼飯を食べるのにも苦労したのを思い出す。

というようなことを、思い出しながら書いていると、ほんとにまあ、我ながら、よくやったなあ、とつくづく思う。

若くて、エネルギーがあったのだね。三男坊の向こう見ずさが、もっともよく発揮された時代といえる。

姉のところでは、ほとんどどこに出歩くということもなく、ずっと論文を書き続けていたはず。持ち込んだ荷物は、ボストンバッグ一個で、半分は衣類だったはずだから、資料なんかはあまり必要なかった、というか、そういうのは、みんなノートや原稿用紙に書き抜いていたのだろう。

そういえば、ちょうどオイルショックの時代だったので、大学生協で、原稿用紙をかなりまとめ買いをし、以後十年ほど、買う必要がなかった、というようなこともあった。

合計で700枚くらいあったかな。

先輩に、「修士論文には、力作感がないとね」と言われたのが唯一のアドバイスらしいアドバイス。他には、先生にも誰にも相談することはなかった。近世文学の先生がいない時期ではあったのだが……。

姉は、料理が上手だったから、食事だけが楽しみの生活だった。これには、いまでも、感謝しております。

そのときまだ小学生だった姪のところに、あとで、同じく男の双子が産まれた、というのは、これもなにかの縁でしょう。

そうやって書きあげた修士論文のあとがきの最後には、「これから、わが子に会いに行きます」と書いてあるはず。

で、以後、大学に職を得てからしばらく、この修士論文から材料を探し、最低でも10本は論文や学会発表をしているはずだから、まあまあエライものといっていいだろう。

と、まあ40年近く前のことだから、ほめておくことにしましょう。

もう一箇所、行ってみたいと思っているのは、京急蒲田の近くにあった（と記憶している）友人W氏のアパート（ここは所有者が、彼の親だった）。

東京に行った時に、ほんとによくよく泊めてもらったものだ。

彼の母上（私も彼にあわせて「おばあちゃん」と呼んでいたものだ）は、私の持参する金沢土産の柴舟《しばふね》が好物で、「木越さんが来ると、柴舟が食べられるから」といつも歓迎してくれた。

やがて、彼は勤務先の近くに家を建てたので、以後しばらく行くことはなかったが、いつだったか、事情があって蒲田で一人住まいしている頃に、数日間滞在したことがあった。このときは、毎晩二人で銭湯へ行き、そのあと、必ず行きつけの居酒屋に立ち寄り、ここのメニューを全部食べてしまおうぜ、なんていってたものだ。

いま、毎月一度金沢に行く時には、東急多摩川線沼部駅から、蒲田に出て、少し歩いて、京急蒲田から羽田へ、という行き方をしている（羽田まで約一時間で着きます）ので、たぶん、近くを通っているはずだと思うのだが、全く思い出すことができない。

近いうちに彼とは会うことになっているので、地図を持参し、どのあたりだったか、聞くことにしよう。

原理原則について

〔2014年3月17日〕

以下は、ここではあまり取り扱わない、政治にかかわる話題である。たまたま同じ日の新聞でニュースになっていたふたつの記事について書いてみようと思う。それについての、自分の判断の根拠を考えることによって、自分にとっての原理・原則を確認することになると思う。

1.

Jリーグ浦和レッズのサポーターが、ヘイトメッセージにあたる垂れ幕(「Japanese Only」)を試合の時に出したというので、無観客試合などというかなり厳しい処置を命じたことが報じられていた。

これは、Jリーグチェアマンの、見事な判断・采配であると思う。昨年の「飛びすぎる打球」問題に対する、プロ野球コミッショナーの、とてもみっともない反応に比すると、やはり、Jリーグはちがう、という印象を与えたのではないだろうか？

2.

もうひとつ、豊島区が区の施設（集会所）を「反韓国的団体」の集会に貸したことが問題になっている。区民からたくさんの抗議が来たそうだが、区の方は、正式な申し込みである以上、認めないわけにはいかない、と返事しているという。

我が家でとっている東京新聞は区の姿勢に批判的であったが、これに関するかぎり、私は、豊島区の姿勢の方が正しいと思う。使用する団体の思想によって、貸す貸さないということを認めたら、民主主義の根幹にかかわることになる、ということがわからないのだろうか？

かつて、日教組の教育研修集会の開催要請を、右翼がやってきて近隣の住民に迷惑がかかるから、という理由で拒否したとき、それは思想差別ではないかと、多くのメディアは抗議したはずである。反左翼に対しては抗議し、反右翼に対して容認する、というのでは、右翼の側から、「左翼的偏向」だ、といわれてもしかたがないと思う。

東京新聞は、いろんな意味で気に入っている新聞なので、あえて、私は、その姿勢は間違っていますよ、と言いたい。

私は、民主主義の根本を以下のように理解している。

「あなたの意見に私は反対だ。が、あなたが反対だ、と主張する権利は、絶対に守るし、それに敵対する勢力に対しては、ともに戦う用意がある」

ただし、私が「反韓国的・反中国的」言動に賛成する人間でないことは、いうまでもない。身近にそういう人がいないので、彼らが、どういうモチーフから、そういう主張をしているのかは、よくわからない。が、それをあおる週刊誌のあり方を含め、なんとも困った傾向だと思っている。

しかし、そのことと、会場を貸す、貸さないとは別のことだと思う。

「言論の自由」「思想・信条の自由」というのは、それが、「言論」であり、「思想・信条」であるかぎり（テロや暴力に訴えられるような段階になると話は別である）守られるべきである。すくなくとも、行政レベルでは、それを守ることを建前にしていかないと、いまの社会の根幹が崩れてしまうのではないだろうか。

だから、私は、カルト宗教を大学内や地域から追い出す、というような運動も、本当は問題があるのではないかと思っている。

前につとめていた大学で、学生がカルト宗教の被害者になっているから、そういうのを野放しにしてはいけない、という主張をする先生（心理学か社会学の先生だったと思う）に来てもらって、話を聞いたことがある。そのときも、被害にあった学生の問題は理解したが、根本のところで、そういうことをしていいのだろうか、という疑いは晴れなかった。

もし、すんでいるマンションのなかに「アレフ」の信者のあつまる場所があり、「それは困る」と、同じマンションの人たちが、排除のための署名集めに来ても、たぶん、私は、署名は断わるだろうと思う。

そういう私のなかの原理原則と、最初に書いた、Ｊリーグチェアマンの対応を賞賛するのとは、一見、矛盾しているように見えるかもしれない。でも、Ｊリーグの場合は、もともと「憲章」があり、選手もサポーターも、それに反したときは処分を受けてもしようがない、という合意ができている組織である。だから、組織の長として、迅速に判断し行動したことは、立派だと言えるのである。

以上は、自分の考えをまとめるために、書いてみました。

〔2015年3月3日〕

アントワープの印刷博物館

アントワープにある印刷博物館に行ってきました。

アントワープは、ブリュッセルから汽車で一時間くらいのところ。ブリュッセルはフランス語圏で、アントワープはオランダ語だというのがおもしろい。ベルギーは小さな国（日本の十分の一以下）なんですけどね。

で、アントワープの印刷博物館ですが、飯田橋にあるトッパンの博物館みたいなものかと思っていたら大違い。

正式には、「プランタン・モレトゥスの印刷博物館」といい、16世紀半ばからこの地で印刷業を始めたプランタン家の工房がそっくりそのまま残っています。いまの工場の様子は、印刷業をやめた18世紀の状態を保存してあるとのことですが、印刷工場や校正室や本屋（当時は製本・校正と販売がいっしょになっていた）がそのままのかたちで展示され、いろいろな活字も手で触れるくらいの感じで展示されています。

この工場は、聖書を各国語で出版することにより莫大な富を築き、やがてその著作権だけで膨大な収入を得られるようになったので、18世紀に、その工場をそのまま土地の王様に寄付したそうです。寄付された王様は、どう使ったのかはわかりませんが、変な改装を施したりすることなく、そのまま維持し、やがて、このように博物館として公開するようになったそうです。

我々を案内してくれた豊島正之先生は、キリシタン版の権威で、特にその印刷技術にはなみなみならぬ興味を持っています。もともとは、キリシタン語学を研究していたわけですが、ここを見て、印刷技術の重要さに目覚めたということです。

汽車のなかや食事の時などに、素人丸出しの質問をたくさんして、とても多くの貴重な耳学問をさせてもらいました。キリシタン版に関する世界的権威の人から直接話を聞き、ときに、ぶしつけな質問をしても、いやがらずに答えてもらえるのだから、なんという贅沢なのだろうと思いますね。大学に勤めていることの一番のよさは、こういう機会がたくさんあることです。

いろいろおもしろい話を聞いたのですが、ワタクシ的には、キリシタン版の技術が日本の古活字版の技術に影響を及ぼしているのではないかという仮説がとてもおもしろいと思いました。

ふつう、日本の古活字版は、秀吉が朝鮮征伐の時に朝鮮から持ち込んだと言われていますが、研究者のなかには、両者の使っている活字は同じではない、だから、朝鮮からその技術を導入したのではない可能性がある、という説を立てる人もいるそうです。

その一方、キリシタン版の方は、当初の稚拙な印刷から、数十年の間に、言語資料としても貴重な「日葡辞書」、あるいは「和漢朗詠集」のように、日本の文字による古典の刊行も行っています。その高度な印刷技術は、キリシタンであるなしに限らず無視できないものだったはずだ、というのがこの仮説の大前提になります。

もちろん、キリシタンは間もなく禁止されるわけで、そういう危険なものに手を出すか、という問題はありますが、政治的・宗教的・経済的権力を持つ人は、革新的な技術に対して、もっとも速く反応するはずだ、というのが、二番目の前提になります。

文書その他による証拠は何もないので、いまのところは与太話でしかないのですが、嵯峨版などのプロデューサーだった角倉了以（経済的権力）、五山版を出していた五山の僧侶（宗教的権力）、そして、駿河版を刊行した徳川家康（政治的権力）あたりはみな古活字版を刊行しているわけですから、この人達（の誰か）がキリシタン版の技術を、なんらかのかたちで古活字版のなかに導入しているのではないか、というのがこの仮説の大要です。

いずれにしても、すべては推測でしかないので、文字にするなら小説か講談（？）にでもするしかないような話なのですが、しかし、話半分にしても、とてもおもしろいと思った次第です。

〔2016年6月18日〕

結婚式での挨拶

一週間前、金沢での結婚式に出た。長い間、一緒に和太鼓をたたいていたメンバーの御子息の結婚式である。

なかなか親孝行な息子さんで、いまは、いっしょのチームで太鼓をたたいている。

もっとも、私が東京に来てからのことなので、本人といっしょにたたいたことはあまりない。結婚式の最後はもちろん彼を中心にした我々のチーム（大場潟乃太鼓）の演奏であり、とても盛り上がった。袴姿で襷がけで太鼓をたたく新郎は、まさに当日の主役そのものであった。

私も仲間に入れてたたかせてもらったが、帰ってからしばらく、階段の上り下りがきつかった。年寄りの冷や水は、ほどほどにしないといけませんね。

しかし、私の目の前で、御子息とその父親が向かい合って太鼓をたたいている姿は、とても感動的であった。私も太鼓をたたきながら、ちょっと目が潤んでいた……。

以下は、そのとき、来賓代表として挨拶した内容である。

＝＝＝＝＝＝＝＝＝＝＝＝＝＝＝＝＝＝

一週間ほど前、私の孫で小学三年生になる女の子と会って話していたときに、突然、彼女から

「グランパとグランマ（「おじいちゃん」「おばあちゃん」ではなく、このように呼ぶのです……）は、どうして結婚したの？」

と聞かれました。あまりにも突然だったので、

「え、」

と絶句したまま、なにも答えられなかったのですが、やさしい彼女は、具合の悪いことを聞いたかなという顔で、すぐに話題を転じてくれました。

ただ、別れて帰るときも、なんて答えたらよかったかな、と考え続けていました。

そうして、そういえば、この結婚式で話すようにいわれていたことを思い出し、その答えは、このスピーチで話すことにしようと思いました。

で、話す内容を考えていたときに、浮んできたのが、私の母親の弟にあたる人、つまり我々の叔父さんになる人のことです。

この叔父は、私の両親も兄弟も大好きでした。金沢市内に家があったので、姉たちは、夜帰りが遅くなると、泊めてもらったりもしていたようです。

戦前戦中には満州に行き、戦争直後帰還するときに、奥さんも子供も亡くすというつらい経験をしているのだという話を、父だか姉だかに聞かされたことを覚えています。

私自身の思い出としては、大学三年生の頃、ずっとストライキが続いていて、家

でぼーっとふさいで過ごしていた頃、

「おい、能登に連れて行ってやるよ」

といって、一週間ほど能登の山奥の旅に連れて行ってもらったことがあります。その当時、叔父は、チェーンソウの販売とセールスをやっていたようで、そのお客さんのところを廻っていたのですが、私には、能登ははじめてだったので、山中の住まいなどがとてもめずらしく思えたものです。とはいっても、20歳くらいの当時の私は、いまとちがってとても無口でしたから、扱いにくかったのではないかと思うのですが、全くいやがることなく、なにやかや話しかけてくれたもので、そうやって話しているうちに、なんとなくふさいでいた気分が晴れていったのを思い出します。

その後、結婚したとき、この叔父から届いた祝電には俳句が一句添えられていました。それが、他のどんなお祝いよりもうれしかったのを覚えています（以来、私も、祝電を打つ機会があるごとに、和歌や俳句を送っています）。

その叔父が、もう20年以上も前になると思いますが、ガンで入院したあと、亡くなりました。

我々の兄弟はすぐにかけつけたのですが、遺言により、叔父の遺体は大学病院に献体として寄贈した、とのことで、対面することはできませんでした。

ただ、その折りに、叔父の奥さん（つまり叔母さんですが）が語った言葉がとても印象的だったのです。

叔母さんは、しみじみとした調子で、

「病院から帰ってきてから亡くなるまでのうちのお父さんは、ほんとうにおもしろくない人になっていた」

と話したのです。

こう書くと非難しているみたいですが、違います。それまでの元気なときの叔父さんがどんなにおもしろい人だったか、ということを私たちに伝えたかったのです。私たちもそのことはよくわかっていました。だから、みんな、あんなになついていたのです。はたからみても、経済的には、そんなに恵まれてはいなかったと思うのですが、そんなことにはかえられない、とてもたのしい人生を送ることができた、と叔母さんは、我々に話してくれようとしたのだと思います。

そういうのっていいな、そういうふうに私も、自分の奥さんから言われたいなあ、と、そのとき私は、痛切に思ったものでした。

で、ここからが、小三の孫への返事になるわけですが、たぶん、こんど彼女とあったときには、

「この間の質問の答だけどね。グランパは、グランマと結婚すると、とても楽しい人生が送れると思ったからだよ。グランマも多分そうだと思う」

と言うことになるだろうと思います。

長くなりました。

○○くんと××さんも、これからは、ぜひ自分たちの「楽しいこと」を見つけて、充実した生活を送ってください。

今日は、本当におめでとうございます。

ひとつのよすがとして

——やや私的な解題——

丸井貴史

金沢大学角間キャンパス文学部棟五階の一番奥に、木越先生の研究室はあった。部屋に入るとすぐ目につくのはドアの右側に置かれたラックで、そこには先生の著作がまとめて並べられていた。私の記憶が正しければ、最上段には『秋成論』（ぺりかん社）をはじめとした書籍があり、それに続いて紀要や学術雑誌が整理されていたはずである。上智大学に移られてからは、七号館八階にあった研究室のデスクの背後の本棚に、やはり同じようにご自身の著作を整理されていた。

そして研究室のその場所に位置を占めていたのは、学術関係の書籍や雑誌ばかりではなかった。学内報や地方新聞に寄稿されたエッセイやコラム、さらには私家版の冊子まもが、そこには並んでいたのである。「書く」ということの一点において、先生にとっては学術論文もエッセイも、何ら区別されるものではなかったのであろう。角間の研究室に置かれたラックや、四ツ谷の部屋の本棚は、「書く」者としての木越治の、まさに世界のすべてであった。

二〇一八年二月二十三日、先生は六十九年の生涯を終えられた。前年の十一月に鹿島大学で開催された日本近世文学会秋季大会には元気に参加され、その後しばらくして体調を崩されはしたものの、一月四日に新宿で開かれた日本文学協会近世部会の新年会にも出席なさっていたのであるから、それ以降の事態の進行の速さには、いま振り返ってみても呆然とするばかりである。

先生の他界後は、その死を悼む声が至るところで挙がった。文学通信は三月五日に先生の逝去を報じる号外のメールマガジンを発行し、五月には上智大学国文学会が四本の追悼文をホームページに掲載した。『北陸古典研究』第三十三号には「鼓動」と題する追悼特集が組まれ、さらに渡辺憲司氏や故深沢秋男氏、飯倉洋一氏などが、先生との思い出をブログに綴った。

七十回目の誕生日を迎えられるはずだったその年の十一月二十日には、勝又基氏の編集によって、論文集『怪異を読む・書く』が国書刊行会から刊行された。先生の古稀記念論文集として数年前から計画されていたこの本は、追悼論文集に変更されたことを除けば、すべてが予定どおりに進んだ。また、古典文学を広く一般に開きたいという思いで先生が執筆されていた原稿をもとに、文学通信の協力を得て、私もいま一書を編んでいるところである。

こうした様々な動きの中で、研究者として、教員として、同僚として、友人として……の先生の姿を、私たちはそれぞれの立場から振り返りつつ偲んできた。しかし、そうした「立場」の枠組みをすっかり外して、木越治の「世界」を覗いてみたいということは、先生を愛する者であれば誰もが思うことだろう。そして幸いなことに、先生は「書く」ことを通じて、私たちにそれを許してくださっていたのである。

本書には、その「世界」への入口にふさわしいエッセイやコラムを収めた。以下、解題めいたことを記しておくが、編者のわがままとして、いささか私的な回想が混じることをお許しいただきたい。

【随想・随感】

自分史の試みより・「文学とは何か?」と問われて・好きな落語家・「泣いた赤鬼」に泣いた話・いまどきの高校生に贈る本・木戸を開けて

金沢大学の日本語学日本文学研究室は、毎年度末に『木馬』という卒業文集を発行しており、これらはそこに寄稿されたものである。ご自身の専門分野に寄せてお書きになる先生方もいらっしゃったが、少なくとも私の在学期間に限れば、木越先生が近世文学についてここに書かれたことはなかった。テーマを限定されることもなく、好きなことが書ける冊子で、わざわざ専門の話をすることはない、ということなのかもしれない。

本書に収めたもののうち、「自分史の試みより」は初出時から大幅に増補されている。これはもともと、お子様の大学の授業で出された「父親の自分史を聞いてくること」という課題のために書かれたものであったらしく、『木馬』に発表されたのはそのうちのほんの一部であった。どこに発表するわけでもない自分史をこれほど克明に綴るということの意味が何であったかは知るよしもないが、あるいは知命の年を過ぎ、あらためて現在の立ち位置を確認するための営為であったのかもしれない。

文学を「研究する」ということ

金沢大学文学部の新入生に配付するため二〇〇二年に作られたのが、『人文科学の発想とスキル』というテキストである。当時の文学部に設置されていた三学科（人間学科・史学科・文学科）の教員が、人文科学分野における論文の書き方や文献調査の方法、研究の手法などを解説している。木越先生はその編集スタッフの一人であり、本書に収めた文章のほか、日本語学日本文学コースの研究室案内も執筆された。

ここに書かれた内容のうち、「ネバーエンディング・ストーリー」についての見解は、後述する「本についてのむだばなし」の第十二回（『灯火』第四十二号、一九八六年三月。連載では第十一回から番号がひとつずつズレているので、初出誌ではこの回は「11」と印字されている）にすでに記されている。また、黒澤明のインタビューや平野謙による『青べか物語』の解説は、先生のお気に入りのネタだったらしく、授業でも何度か取り上げられた。学部一年生のときに受講した「日本文学入門」という一般教養科目の期末試験でこの文章が出題され、「作者・読者・評論家の関係性はどのようなものと考えられるか述べよ」と問われたことを、あれから十五年以上経った今も鮮明に覚えている。

教えすぎないための提案二、三

二〇〇五年十月二十九・三十日に相模女子大学で開催された、日本文学協会第六十回大会「いま、〈文学〉をどう学ぶか?」における発表を活字化したもの。『日本文学』の大会特集号には印象記が掲載されるのが常であるが、それを読むと、先生の発表はかなりのインパクトを聴衆に与えたようである。確かに文学のシンポジウムでオールディーズを語ったり、ベートーヴェンを聞き比べたり、和太鼓の実演（実際は机を叩いたようであるが）をしたりすることはなかなかないだろう。しかしそれは確かに、文学史の問題であり、作品解釈の問題であり、文学教育の問題なのである。

そういえば先生は「文学史の現場へ」（金沢大学人間社会学域人文学類編『人文学序説』、二〇〇八年）というエッセイで、我々はYesterdayをビートルズではなくブラザース・フォアのバージョンで聴いたものだ、と書いていた。こういうことを江戸時代の文学について記述するのが、先生の言う「近世文学史」なのである。先生は文学の問題を文学の枠内に閉じてしまうようなことはなかった。

本についてのむだばなし（抄）

石川工業高等専門学校図書館報『灯火』の第三十号から四十五号まで、十五回にわたって連載された（第三十七号は休載）。本書にはそのうちの六回分を収めたが、他の回でも『本の雑誌』の魅力や和田誠の面白さが語られたり、映画「アマデウス」に触発されて読み始めたモーツァルト関連の書籍が紹介されたりと、幅広いジャンルが取り上げられている。連載十五回目はＮＨＫドラマ「花へんろ――風の昭和日記・第二章」の脚本を書いた早坂暁に対する批評が、山田太一との比較を挟みつつ、それまでの回と何ら変わらない調子で綴られているのだが、その次の号に第十六回が掲載されることはなかった。

その事情については、「草の根の天皇制――ある筆禍事件から――」（『日本語通信』第九号、一九八七年九月）に詳しいが、要するに先生が書いた幻の第十六回で、高松宮の逝去や「近い将来にかならずやってくる今上天皇崩御」を話題としたことが問題となり、編集部から掲載を断られたのであった。先生はそれに対して納得のいく説明を要求したが、結局それはかなわなかったようで、最後はご自身で連載打ち切りを決めたのである。

江藤淳と大江健三郎・山口瞳の文章の芸

北國新聞朝刊のコラム欄「潮間帯」に、先生は「武佐志郎」のペンネームで数本のコラムを寄稿している。このペンネームは「むさしろう」と読むのだと思うが、これは先生が金沢の武蔵が辻にお住まいだったことから来ているのだろう。本書にはこのコラムの中から、文芸関係のもの二本を収めた。

この二本はまったく異なる文脈で書かれたものだが、江藤淳と山口瞳の名を見てふと思い出したのは、山川方夫のことである。

昭和三十七年、山川は寿屋（現サントリー）のPR誌『洋酒天国』の編集顧問となった。しかし、その上司であった山口瞳は彼の仕事ぶりに不満を覚え、山川歿後、小説「シバザクラ」にそのことを書いた。それに対して噛みついたのが江藤淳で、エッセイ「山川方夫と私」において、山口の行為を「汚いもの」と批判した――。

そのようなことを、先生はそれらの作品を実際に示しながら、そして小玉武『『洋酒天国』とその時代』（筑摩書房）を引きながら、私たちにお話しになった。仮名草子と浮世草子がテーマであった「日本文学史」という授業の中で、なぜこの話題が出たのかはまったく記憶にない。そして仮名草子と浮世草子についての講義内容もほとんど覚えていないのだが、「シバザクラ」事件の話だけは、なぜかずっと頭の片隅に残っている。

吉本さんから学んだ二つのこと

このエッセイが収められた『猫々だより』は、松岡祥男氏が発行していた『吉本隆明資料集』の月報のようなものである。先生が吉本を愛読していたことは周知であろうし、その著作について言及することも少なくなかったのだが、吉本にまつわる思い出のようなものを書いた例は、これを除けば【よしなしごと】に収めた「吉本隆明さんが……」以外には思い当たらない。

私たちは、本を「自炊」できるだろうか？

『西鶴と浮世草子研究』は西鶴研究会と浮世草子研究会が合同で編集した研究誌で、二〇〇六年から一一年にかけて五冊が笠間書院から刊行された。論文やブックレビュー、研究史の整理の他にも、毎号ユニークな企画が用意されていた。最終巻にあたる第五号では「研究誌、あるいは研究メディアの未来」という小特集が組まれ、このエッセイはそのために執筆されたものである。当時は『国文学 解釈と教材の研究』（學燈社）や『江戸文学』（ぺりかん社）が相次いで休刊したころで、文学研究の「未来」について考えることは、まさに喫緊の課題であった。

先生は早くからデジタルリテラシーを文学研究に活用することについて深い関心を持っており、『情報処理語学文学研究会会報』に、その実践方法を何度か報告されている。晩年にも八木書店のホームページに「文学・歴史資料のデジタル加工入門」を連載していた。この小特集でも、そういう方面からの原稿が期待されていたのではないかと思うが、ここに書かれているのは、ツールやメディアがどのように変化したとしても、国文学リテラシーを持っていなければどうしようもない、ということに他ならない。「私たちは、本を「自炊」できるだろうか？」というタイトルは、「本をバラバラに切り刻むこと」ができるかどうかということではなく、私たちのリテラシーが本を「自炊」するに足るものであるかどうかを問うているのである。

かつて高田衛氏の『定本 上田秋成研究序説』（国書刊行会）と『完本 上田秋成年譜考説』（ぺりかん社）が刊行された際、それを記念して企画された長島弘明氏との対談（『図書新聞』第三一一二号、二〇一三年六月）で、先生は「最近は資料がたくさんあるから、そういったものの中に溺れてしまって、本来、一番大事なはずのテキストを読まなくなっていますよね。資料を調べたら研究ができると端的に思っている節がある。活字本を徹底的に読み込むことを忘れないで欲しいと思いますね。それこそが、文学研究の原点なんですよ」

と述べている。そのことがあらためて思い出された。

上田正行先生を送る

金沢大学文学部で近代文学を担当しておられた上田正行先生は、二〇〇九年三月に定年退職されることとなり、『金沢大学国語国文』第三十四号はその記念特集号となった。上田先生の次に年長なのが木越先生であったから、日本語学日本文学コースを代表してこの挨拶を書くことになったのであろう。上田先生はその後、國學院大學で教鞭を執られ、現在は徳田秋聲記念館と室生犀星記念館の館長である。

リベンジ・退職にあたって

『上智大学国文学会報』は、かつて上智大学国文学会が年に一回発行していた会報で、本書には先生の着任と退休の挨拶を収めた。「リベンジ」の中に「疾風怒濤の時代」という一節があるが、その具体的な様子については、「シュトルム・ウント・ドランクの時代に」(『近世文藝』第一〇〇号、二〇一四年七月)を参照されたい。

【よしなしごと】

二〇一一年五月十二日、先生は何の前触れもなくブログ「俳号は三七丸のblog」を開設された。「三七丸」は「みなまる」と読み、「三男坊で七番目」の意。「自分史の試みより」にあるとおり、先生にはご兄弟が多くいらっしゃった。

記念すべき第一回のタイトルは「天変地異と為政者——秋成研究会で考えたこと」。やはりブログ開設の挨拶などは何もない。その後このブログは、ものすごいペースで更新される時期と、まったく更新されない時期とを挟みつつ、二〇一七年十月一日まで書き続けられた。記事の総数は三一〇本である。本書にはその中から先生の「世界」を知るのにふさわしいものを収め、「音楽」「本」「映画」「そのほか」に分類して整理した。その内容のいちいちについてここで触れることはしないが、校訂方針に関しては少し書いておきたい。

そもそも本書を、雑誌・冊子・新聞等に発表された文章を収める【随想・随感】と、ブログに書かれた記事を収める【よしなしごと】の二部構成にしたのは、両者の文章の書き方にはなはだしい相違があり、これらを一括りにすることはとても不可能だったたからである。そしてブログ記事を本書に収めるにあたっては、その方針について、編者と編集者で何度も議論を重ねなければならなかった。

言うまでもないことであるが、ブログはもともと横書きである。数字は算用数字が使用されることになるし、アルファベットも多用される。それを縦書きに改めると、なんともいえない違和感に襲われるのである。したがって、本来のブログの雰囲気をできるだけ残すために【よしなしごと】は横書きとし、本書を両開きとすることも当初は本気で考えた。そして実際にそのように組んでみたのであるが、それはそれで一冊の本としての違和感が残り、結局こちらも縦書きにすることとした。

文字の向きを改める以上、当然表記も改めねばならない。アルファベットはともかくとして、数字の扱いはたいへん悩ましいものであった。常識的に考えればすべて漢数字に直せばよいのだが、そうすると軽やかな文体のブログが一気に重々しくなってしまう。これではいけないとすべて算用数字に戻したら、少し重厚な内容の記事にはそれがまったくそぐわない。横書きを縦書きに改めるだけでこのようなことになるのかと、しばし立ち往生したのであるが、結局は統一することを諦めて、漢数字と算用数字を併用することとした。両者を分ける基準に明確なものはなく、すべて編者のフィーリングによる。

そして最も難渋したのが段落の作り方である。ブログは一文ごとに改行されることも珍しくないので、それをそのまま本にすると版面がスカスカになってしまい、正直なところはなはだ読みづらい（横書きであれば一行あたりの文字数が少ないのでどうにかならないこともないのだろうが、縦書きでは無理である。かつて段落という概念をほとんど持たないケータイ小説が流行したが、あれは横書きだからかろうじて成立したのであろう）。かといってこちらで段落を作ろうとしても、そもそも段落を意識せずに書かれたものが大半だから、それも容易ではないのである。結局、一文で一段落とせざるを得なかった箇所もかなり残り、逆に段落を分けようがない記事もいくつかあった。文体と媒体の関係性という、授業で何度も話してきたことを、ようやく実感できた気がする。

他にもいろいろと手を加えたところがある。たとえば先生の文章は読点の多いことがひとつの特徴であるが、ブログではその傾向に拍車がかかり、文節ごとに読点が打たれていることも珍しくなかった。活字の場合、あまりにはなはだしい箇所は校正で手直しするのだろうが、ブログはいちいちそのようなことをするものでもないから、文章がいわばナマの姿で放り出されているのである。そして、そこにこそ先生の文章のリズムの原型があるわけで、興味深くも思いはしたが、やはり活字にする以上、それをそのまま残すというわけにはいかなかった。できるだけ原文のリズムを残すよう努めたつもりではあるものの、それなりに手を入れることとなってしまった。ナマの姿をご覧になりたい方は、ぜひウェブ上でブログをお読みいただきたい。

なお、編者が最も多く手を入れたのが、映画関連の記事である。ブログでは冒頭にあらすじの紹介が置かれていたのだが、それらはほとんど映画ドットコムを利用したものであったので、著作権の問題もあり、カットせざるを得なかった。「国際市場で逢いましょう」の記事に「あらすじ」とあるのはそのことである。また、記事のタイトルは、原則として映画の題名を「　」で括るだけにした。その他、映画を観た映画館が明記されている記事とそうでない記事とがあるが、これは特定できないケースが少なからずあったためである。日付は、映画を観た日が分かっている場合はそれを明記したが、そこまでわからない場合は月を示すに留めた。このあたりの統一は不可能であったので、ご海容いただきたいと思う。

最後に、本書を文庫本の体裁で刊行した理由について述べておく。それはひとえに、気軽に読んでいただきたいからということに尽きる。私たちは普段、研究書を机に広げ、しかつめらしい顔をしてそれを読んでいるわけだが、先生はご自身のエッセイをそのように読んでもらいたいとは思わないだろう。また、遺稿集だからといって立派なハードカバーで作ってほしいとも考えないだろう。ちょっとした隙間の時間や電車の中で、好きなように読んでほしいと思っていらっしゃるはずである。文化資源社の滝口富夫さんにそう言われ、編者二人も同意した。

木越先生がどのような研究者であったかは、研究論文を読めばだいたいわかる。では、先生はどのような「人」であったのか。いつか先生を直接知る人が誰もいなくなったとき、本書がその問いに答える役割を果たしてくれるのであれば、編者の一人として、そして先生を敬愛する者の一人として、それほど嬉しいことはない。そしてもちろん、先生と同じ時間を生きた方々が、あらためて先生を偲ぶためのよすがとなることを強く願う。

（二〇二二・七・六）

■編者略歴■

木越　俊介（きごし しゅんすけ）

1973年生まれ。金沢市出身。近世文学専攻。現在は国文学研究資料館准教授。著者木越治次男。

丸井　貴史（まるい たかふみ）

1986年生まれ。金沢大学文学部卒業。上智大学大学院文学研究科博士後期課程修了。木越治先生の影響を受けて近世文学研究を志す。大学院博士前期課程在学時、先生の勧めで中国に留学。そこで「三言二拍」や『水滸伝』などの白話小説に興味を持ち、それ以来、近世日本における白話文学の受容を主たる研究課題としている。大学院博士後期課程に至るまで先生に師事し、現在は就実大学人文科学部講師。著書に『白話小説の時代――日本近世中期文学の研究――』（汲古書院、2019年）がある。

ひとまずこれにて読み終わり（木越治遺稿集）

2021年10月25日　初版発行

著　者　木　越　　治

編　者　木越俊介・丸井貴史

発行者　滝　口　富　夫

発行所　文　化　資　源　社

〒176-0022 東京都練馬区桜台6-30-7

電話 090-9238-1065

印刷・製本　精　興　社

ISBN978-4-910714-00-4